浙江少年文学新星丛书·第八辑
海　飞　主编

不规则图形

南皓仁　著

浙江工商大学出版社
ZHEJIANG GONGSHANG UNIVERSITY PRESS
·杭州·

图书在版编目(CIP)数据

不规则图形 / 南皓仁著. —杭州:浙江工商大学
出版社,2022.1

(浙江少年文学新星丛书 / 海飞主编. 第八辑)
ISBN 978-7-5178-4799-1

Ⅰ.①不… Ⅱ.①南… Ⅲ.①作文—中学—选集
Ⅳ.①H194.5

中国版本图书馆 CIP 数据核字(2022)第003161号

不规则图形
BUGUIZE TUXING

南皓仁 著

责任编辑	沈明珠
责任校对	穆静雯
封面设计	浙信文化
责任印制	包建辉
出版发行	浙江工商大学出版社
	(杭州市教工路198号 邮政编码310012)
	(E-mail:zjgsupress@163.com)
	(网址:http://www.zjgsupress.com)
	电话:0571-88904980,88831806(传真)
排　版	杭州朝曦图文设计有限公司
印　刷	杭州高腾印务有限公司
开　本	880mm×1230mm　1/32
印　张	69
字　数	1056千
版 印 次	2022年1月第1版　2022年1月第1次印刷
书　号	ISBN 978-7-5178-4799-1
定　价	448.80元(全九册)

个人简介

南皓仁,2008年10月生于浙江乐清,小学就读于乐清市实验小学滨海校区,现为乐清市知临中学七年级学生。是一个热爱文学的小男生,有作品在《课堂内外》《学生时代》《箫台》等全国性及地方性刊物上发表,曾获第十一届"希望杯"中小学生网络作文大赛一等奖、第六届与第七届全国小学生小古文读写大赛写作场高年级组一等奖、第四届"德育杯"全国中小学生主题征文活动二等奖等多项奖项。

南皓仁

南皓仁 7 岁在家里看书

南皓仁 8 岁在菜场买年货

南皓仁 8 岁在家里厨房学炒菜

南皓仁 9 岁在北京参加世界少年奥林匹克数学竞赛(中国区)选拔赛决赛

南皓仁 10 岁淡溪行合影

南皓仁 10 岁在淡溪

南皓仁 10 岁在学校参加十岁成人礼

南皓仁 10 岁在温州参加国际象棋比赛

南皓仁 10 岁在台湾参加海峡两岸数学邀请赛决赛

B612

南皓仁11岁在柳市现代广场

南皓仁11岁在温州乐园与爸爸、弟弟合影

南皓仁 12 岁在乐清市实验小学拍毕业照

南皓仁 12 岁在西门岛挖螃蟹

南皓仁 12 岁在雁荡山

南皓仁 12 岁在乐清实验小学

总 序
见字如你

斯巴福德在《小书痴》中写道，"有时候，一本书进入我们恰好准备好的心灵，就像一颗籽晶落入过饱和溶液中，忽然间，我们就变了。"而现在，在我们眼前展现的，是一群优秀的少年写作者的作品，稚嫩中有才华，笨拙中见灵性。

一本书，一本由孩子自己创作的书，给予我们更多的思考。文学创作本身具备的魅力正悄悄随着童年、少年、青年的自然生长期而萌芽、生长、繁衍。这种全新的生活体验，正与他们文字成长的速度同步记录和保存。我们感动于他们钟爱文学的热情，体察出他们因大量阅读文学作品而心灵丰盈、下笔生风，而由写作生发出的那种源自内心和诉诸稚嫩笔端的气息，更让我们为之动容和珍惜。真的，没有一个孩子的生活是一样的，哪怕写同一篇文章，也会有不一样的内容。《发现·世界》的作者周昊梵，在记录旅游时的见闻、和父母的亲子互动、校园难忘的经历以及对文学的思考中，就描绘了一个个美好而珍贵的周式童年缩影。但热爱文学，喜欢写作的孩子有一样是相同的，心怀美好，传递美好，想象美好，创造美好，生活和世界，均在此列。所以当一名中学生独自去到异国他乡，文学创作依然是她同行的挚友，徜徉于东西方文化碰撞下的生活环境，写下了记录留学生活的《一路行走一路歌》。"虽说世界庞大，却仍想在这纷扰喧嚣的人群中留下些许痕迹；即使文字稚嫩，也依旧想用真性情，执笔墨书写真我。"这是一直没有停下书写文字步伐的一然，作品第二次入选"浙江少年文学新星丛书"后，对文学最倾心的表白。

　　入选《浙江少年文学新星丛书·第八辑》的共15部作品，从内容来看，有纪实小说、国外留学生活记、个人生活旅行记、研学手记、语文单元习作的升级作品、小故事等。这些融合生活和学习故事的习作集，以校园故事、身边的人和事、父辈的追求、中国梦四大主题为主的年代感极强的作品、初具雏形的小说，让你看到一个同样的世界里不一样的心灵感悟。用文字记录生活，并没有写成流水账；

想象性作品在现实基础上的对于这个世界的感知与想象既大胆又具有创新性;记录童年生活里的点点滴滴,有情怀有故事有功底,叙述平淡里有曲折,引用典故而能深发意味;习作有向作品的美好过渡和提升,有模仿痕迹但也有不同的见解。文章亦庄亦谐,亦古亦白,语言精雕细琢也有童真童趣;抒情大胆而细腻,感情恰到好处,收放自如,转折与衔接处也有刻意与盈润的笔触。比如同样是因为文学征文比赛而钟情写作的南皓仁、吕可欣,作品有各自不同的特色:南皓仁的作品《不规则图形》包含了多种文体,题材丰富多彩、文字成熟老练、想象力丰富;吕可欣在写作《春曦》时是用她的童眼去观察这个世界,用童心去感受身边的人和事,用童言来抒写她的感受。这里面有童真,童趣,有温暖人心的文字,更有来自灵魂的拷问。他们介入世界与生活的脚步有点快,又看得出有认真充足的准备,字如其人,是真的。少年的你,多少年后,你自己来读一读,还是全新的一个自我。真好!

　　我常常在想,到底是怎样的初衷,能让十几岁的少年,安静地将成长的行程一字不差地记录和感喟。他们所写的生活,有春夏秋冬里细心观察的所感所悟,有现代时尚生活的体验,有在长辈回忆的生活里的感叹和想象中天马行空的生活,最神奇的是,一个小物件都能写出各种不同的故事。少年行的《童真年代》一帧帧都是孩子们纯洁的童真年代的真实写照,是一曲曲质朴无华的童年之歌。桐月六小童的《彩色的天穹》里有孩子们处在乡村与城市之间的最真实的心灵写照与思考。《时光里》"镌刻"着时光少年的烂漫友谊和温馨童年的美好印记。《行走的哲思》里湖畔四少为我们分享了研学中的所见所闻、所言所行、所思所想,既有深入的对历史的剖析,又有对自然的观察与探索,文笔恣意洒然,未来可期。两三点雨山前用文字记录了她们生命中最初的美好,也记录了她们生命中最初的思考。短短的篇幅,回味绵长,或许真的能品出《时光的味道》。读《素心之履》你能欣赏到江南水墨长卷般的书生意气,乌镇、南浔、西塘……搂着这样的小镇,感受日日夜夜的人文沉淀的浑厚,那不是一场旧梦,是俗世烟火气息下一个个真实的自我。七八个星天外,以文字采撷遥不可及的历史,呈现的却是眼前的幸福与美好。

写作有起点,有创作方向,有个人的审美追求和价值观。当你的创作代表了人类社会大众的普遍方向,当你虚构的世界引起了人们的关注，当你描述的真实在隐喻和暗藏中悄悄生长，当你的文字，代表了一种生命物质……你会发现，很多事物都不一样了。生在杭州，长于钱塘的梁熙得，以一部《鼹鼠先生的春日列车》，将脑海里的奇思妙想，让人眼前一亮的妙笔生花全部装载。"以梦为马，路在前方。以写为乐，自由畅想。海豹，它有一片海洋。"这是多么自信的童年宣言！诸葛子誉的纪实型小说《稚拙的日子》用真实的笔触，写下了生活的经历和对生活的简单观感，勾画了一个稚拙有趣的童年。徐诗琪在《冒傻气的小红鼠》中更是塑造出了一个个性强，爱出风头，同时也富有正义感和责任感的孩子形象。樊雨桐写的城市女孩则个性独特，惹出一些啼笑皆非的事情，由此有了一段不一样的童年，细细感受《不一样的童年》，你也许会找到你童年里的不同和相似。小作者们在创作道路上的探索和追求，着实引人感动。

宙斯为了在广阔的宇宙中创造人类，与普罗米修斯进行了艰难的旅程。他们寻找黏土的途径到现在还是众说纷纭：有人说，他们是从色雷斯草原一路东行到小亚细亚，最后在位于底格里斯河与幼发拉底河之间的丰饶之地找到黏土;也有人振振有词,表示他们是南渡尼罗河,穿越赤道,最终在东非得偿所愿。不管经过怎样的跋涉和攀登,最后宙斯决定让雅典娜轻吹一口气,赐予这些成型的泥人生命。在时代的洪流里,我们坚持做这套丛书八年,其间的过程百转千回,在网络科技发达的今天,希望我们的坚持加上你们赋予这项事业的灵气给予我们追寻文学持久生命力的源泉。

有的作家,他写的作品就如一辈子精心于一类特殊工艺的手艺人一样,作品中有一种固定的地理,一种永远不变的时段,一直让人感觉是在童年时期。而青少年儿童自己创作的作品,并没有定型,但你也能看到很多类型、方向、文本的雏形,他们在模仿、在创造,也在改变,更在颠覆。不难发现,在阅读,无论电子书还是纸质书阅读,越来越快地改变人们的同时,读同龄人的书,由自己写出一本书已然成为一种趋势,曾经的少年不再是那一群只知道玩滑板、打篮球的小孩,也不再是抱着芭比、沉浸于cosplay、穿着洛丽塔的少女,他们正在以成年人的视角和语感诉说和表达对这个世界的看法和诉求。就像赵蕴桦在《灼灼其华》中所说:"我的作家梦,是从阅读开始的,阅读更广泛,更深入，写作热情就持续高涨。我期盼每个周末和暑假的来临，那样我可以走更远的路，赏更美的风景，考察更深厚的人文底蕴。我的作品是我小学毕业的纪念，未来，我期待着成为真正的作家!"如果你想了解少年们在想什么，最好的办法也许就是看看他们写下了怎样的世界，和对世界万物的看法。那些无法言说的都借助文字来喷薄，借由这个口子，架构了我们与他们之间的桥梁，希望，真诚的心灵交流与沟通，从此变得容易。

世界本来就很美，我们想方设法带给这些御风的少年一个美好的世界，而在他们眼中，美好的世界可以由自己界定，由写作与这个世界建立最好的联系，由此在成长的道路上哺育出更美丽的生命之花，何其有幸! 见字如你!

向所有看到这些文字的大人和孩子，致敬你们曾经以文字和写作创造的美好快乐的童年及世界!

海飞

2021 年 12 月

序

假如我想起南皓仁，一定先是想起他的眼睛。南皓仁
的眼睛很小，但个头不小，这使他的眼睛在身体所占的比
例更小，让人感觉他的身体也在压榨眼睛的空间。不过，
一个人眼睛小可能有一点好处，可以藏得深一点。我们总
是从眼睛和脸部肌肉的配合去判断一个人的心情和性格。
但如果他的眼睛足够小，这种判断就会失准。我认识南皓
仁的时候他还是上小学三年级的孩子。当时我觉得他内
向腼腆，不善言谈。他在我的课堂上写的一篇未完成的作
文惊艳到了我。后来大概是东君鼓励了他，他在很久以后

终于完成了那篇作文。我记得发公众号的时候,我用了"一个小学三年级的孩子可以写出怎样的作文"做标题。因为南皓仁的作文比同龄人好很多,我们又安排他和高年级的孩子在一起。那个班级里人不多,但都是非常聪明好学的孩子。那一天我上完第一堂课,实在憋不住了,就对他们说:"诸位一堂课都没发出一点声音,纪律太好了,老师都没法子适应了。"

南皓仁仍然在我的课上写一些未完成的作文。我喜欢让孩子们写一点有想象力的故事,所以经常要求写得长——不知道南皓仁是不是用未完成来表达它无限可能的长度。总而言之,我越来越清楚这个貌似憨厚的家伙也藏着一颗小鬼的心。有一回,我们几个带孩子们溯溪而行,南皓仁等几个孩子在小店里买零食吃。我和觉晓便打趣,你们这是在吃垃圾啊。南皓仁反唇相讥:"老师喜欢抽烟,是在挖自己的坟墓而不自知。"我们一时无言以对。事实上,至今也没有对出来。

几年后,我和觉晓都把烟给戒了。

南皓仁思维敏捷,体现在文字上就是轻松晓畅,难能可贵的是他还自带幽默气质。因此,可以这么说,看起来南皓仁是在写作文,其实他是在完成一次智性的语言游戏。据南皓仁妈妈(一位诗人)说,南皓仁阅读兴趣广泛,包括各种绘本和童话故事,也读现代诗、科幻小说以及纯文学类作品,但是,他对科学的兴趣超过了文学,他学过电脑编程,对奥数也得心应手。这里的"但是"应该是南皓仁妈妈在讲述的时候使用的。因为我记得我的反应是,对科学感兴趣才是新时代好少年嘛。这不是玩笑之词,我向来以为那些拥有科学时空的人,才更适合在未来搞文学。收在集子里的《月亮失踪之谜》,结尾部分南皓仁突然宕开一笔,把故事引向了几个世纪后的"天才少年南皓仁",当时他正在设计一款"找月亮"的游戏软件——真是未来科技感满满。南皓仁当然不知道,他的这种手法就是现代小说中所谓的元小说(后设小说)叙述。另一次天才的展示,是南皓仁对《搜神记》里《相思树》的解构。那是一篇穿越小故事,但南皓仁不是自己穿越到古代,而是让文中的反派

宋康王穿越回来,而且不为别的,就是为自己做一次辩解。那是一次奇思妙想的辩解,充满了游戏精神。

南皓仁的游戏精神还体现在长方形的雨和正方体的水花,一块叫小明的泡泡糖,吃了后老师就不拖堂的"超忆糖丸",以及变成了一块新鲜的、刚出炉的面包的"我"等等方面。他有一双想象力的翅膀,而且正在试飞。我们有理由相信,他有一种不飞则已、一飞冲天的潜力。终有一天,即使成了科技人才的南皓仁,也会一不留神杀个回马枪来,写出一两部精彩的科幻小说乃至经典的文学作品。

我们期待着。

林晓哲

父母寄语

时间的彼岸

孩子，首先妈妈祝贺你出了人生中第一本书。妈妈为你感到开心，也为你感到骄傲。

这是你在小学生涯中写就的文字，虽不甚成熟但也标志着你这艘小船正在驶向文学的汪洋，彼岸将有更多令人期待的风景在等着你。你从小说话就有着小大人般头头是道的模样，现在已然加速了成长的步履。你有你自己对人生最美风景的定义，也有青春年少的轻狂与不羁。

一把时间的秤在我们的心里，每个人都有自己对时间的考量。这种考量有时候是正常的,有时候是带有偏见的。而偏见就如西西弗斯推上山又不断滚落的石头,它会让人在人世间各种境遇的抗衡中感到疲惫,当然也可能会让人更加勇敢。而妈妈,不想以爱的名义去绑架你的学习,但人生本就不是处处都平坦,妈妈希望你有让自己一直幸福的能力,这是天下所有母亲的心愿。所以,有时候我们心里的秤难免会有不同角度倾斜。这是妈妈需要检讨也是需要你原谅妈妈的地方。

为人父母,孩子的第一声啼哭就在我们心里烙下了深深的烙印。所以,妈妈得让自己坚强,让自己的身体与精神都能够承载孩子在时间飞速旋转下的成长。因为你写过"女本柔弱,为母则刚",你还写过最敬佩的人是妈妈。面对你如此盛情的赞誉,妈妈感到惭愧。妈妈虽然愿为孩子操持忙碌,但夜深人静时分,也有意难平的时候。理想的灰落下来,变成了尘埃。妈妈不知道,这尘埃会不会成为你的一座大山。如果是,妈妈向你道歉。如果不是,妈妈希望时间的海绵还能承载着你的快乐、快乐与努力碰撞过后的睿智,挤出理想的光芒。

妈妈希望文学能够滋养你的心灵,文字能够护佑你的成长,让你出落成一个有学识、有修养的人,也相信你能"大海从鱼跃,长空任鸟飞",到达充满鲜花与绿茵的彼岸。

再次祝贺并祝福你,我亲爱的孩子。

老师评语

南皓仁同学的小说是一种脑洞大开的写作,脑洞大开,正是他这个年龄段的优势,而且能够把故事编得像模像样,也比较符合叙事逻辑,已属不易。

——马叙

南皓仁的文字充满了奇思妙想。所谓奇思,是他有一种理工男才具备的、足以超越同龄人的思辨能力;所谓妙想,是他有一种逸出现实,却又能自圆其说、自得其乐的想象力。如果他将来能写出一部像《三体》《巴比伦塔》那样的小说，我一点儿都不会觉得吃惊。

——东君

　　绝大部分人走上文学道路始于天赋，包括兴趣、语言与其他禀赋——比如想象力、幽默、年少轻狂……所谓"天赋"，并非单指与生俱来的那一部分，更多地，它是在文学自觉之前各种"习得"的统称。南皓仁在白鹭书院即以文学天赋屡次引发注意与赞美。我们愿在不久的将来，看见他的文学禀赋在持续的自觉中更加成熟、饱满。

——觉晓

　　想象力如囊中锥，置于囊中，其末必见，南皓仁的想象力已刺破作文的囊，进入了文学领域。一个写作者进入了文学领域，有如一个剑客闯进了黑夜，每一条道路都会变得黑暗和难以琢磨。南皓仁，已行进在黑暗和难以琢磨的道路上，并随时准备刺出那一剑……

——何乜

小学六年，大家都说，南皓仁是一个自带光芒的文学少年。刚接触写话，他就与众不同，文字灵动、鲜活，有画面；刚学写作文，他已然能细腻地刻画人物，用跌宕起伏的情节，引来同伴啧啧赞叹；后来，开始创作，伙伴们赏读完他的小说，纷纷表示愿意用班级币向他约稿，盼勿停更。就这样，他将自己的生活，将自己的思考，将自己的成长，汇聚成点点星光，跃然纸上。

——倪银权

目　录

最爱小说

童年童话

美的散文

读书感悟

小小诗歌

小小古文

最爱小说

不规则图形

他的身体很不舒服。雨是长方形的,很怪异。渐渐地,水花也变成了正方体。这场雨真是太怪了,它都下了半个月了。

他没有生病(起码医生是这么说的),可就是有种不舒服的感觉,也许跟这雨有什么关系。他从来没有在真实生活中遇到这种雨,是什么云在作怪吗?云也变成了神秘的不规则图形,看起来很蠢。

他下了床,趁母亲还在睡觉,跑出家门。雨打在身上毫无感觉,空气没比家里冷多少,不过是视觉上有股凉意罢了。现在该去哪儿呢？要是有一架梯子，能爬上天空多好。他想着，继续漫无目的地走来走去。

他又开始不舒服了。不远处有一个橙色方块，上面全是按钮。他瞪着它，突然来到另一个世界。这里有白云和白云，还有更多白云。

雨不见了，这使他清爽了许多，这雨有什么魔力吗？他看见远远的地方有座庞大的建筑物，与连绵起伏的云朵仿佛是一体的。这里的云比起直边云看起来和谐多了。踩上去却湿湿的，坐上去准会溅水。

他走呀走，走到建筑物前。"天气城？"他自言自语。门突然打开了，空旷又静寂的空间让他惊呆了。整个世界都是纯白色，并且这里还有一大堆叫不出名来的大型机器。这种地方怎么就让他幸运地遇见了呢？

不远处又走来几个人。他看见那几个人高约两米，整个身体也是纯白的，乍一看就像云朵拼成的人形。他又看了看脚下，还是那种直边组成的白云，看着很不自然。

待那几个人飘近了，他惊讶地发现他们也是方块人，全由长方体和正方体组成，一路上遇见的橙色方块跟他们有什么关系吗？

他看着方块人旁若无人地走过，上去打了一个招呼。一个人疑惑地看了他一眼，好像没看见他一般，继续往一台大型机器那里走。

他在拐角处又看见了那个带他来这里的橙色方块。另外几个方块人突然转头，如狼似虎地扑向那个橙色方块。他见状，也奔向他们。他跳起来，在方块人之前碰到了按钮，一道光随即照亮了整个"天气城"……

雨停了吗？没有，但雨又变回了原来的样子，云也变回去了。那个橙色方块变得很小。他觉得自己可能不会与它在云端之上再度相遇了。

行走在沙漠里的人

一

一望无际的沙漠,被巨大的落日烤得通红,远处几棵孤零零的仙人掌,为这幅地狱之画添了几分生气,显出一种疯狂的美……

至于我们为什么会来到这个鬼地方,我长话短说:我和朋友正在科技馆参观一个传送机器,结果它竟然突然冒起了浓烟,然后像拖拉机那样叫了起来。等我们惊魂未定地摸爬而起时,发现我们身处在茫茫望不到边的奇怪沙漠。万幸的是,我们都带了食物和水。不过为什么我们参观科技馆会带上食物和水,我也说不清楚,也许冥冥之中自有天意吧。

可是问题接踵而至:我们没有指南针,没有药物,没有帐篷,更没有向导。在沙漠环境这么恶劣的地方,食物和水又能撑过几天?"我们……回得去吗?"朋友首先开口了。"一定可以的,先找找附近有没有一起被传送到这的人吧。"我话虽这么说,但心里也七上八下的,没有底。

我们只好漫无目的地走了半天,只听见隐隐约约有几声喊声。这喊声就像即将被风吹灭的火苗,把我们的希望点燃了起来。我们赶紧朝声音的来源方向跑去,只见一个身体强壮的男人正一脸茫然地喊叫着。我们张开双手像见到宝一样地跑过去。他说他是一个探险爱好者,叫北海,刚刚探险回来,路过科技馆的时候突然出现在了这里。啊!原来是个探险家,太好了,他的经验一定很丰富。我们也想听他解释一下为什么会发生这种事,于是他答应和我们一起走出这片大漠。

二

在这荒凉的大漠,只能隐约看到三个人坚持不懈地行走着……

太阳这时已经坠入了地平线,只剩那血红的余晖照耀着天边的云彩。北海不愧是探险家,竟然还随身携带两个帐篷。等到天完全黑了以后,我和朋友睡在一个帐篷里。他早已沉沉睡去,而我却难以入眠,满脑子都在想着接下来的求生计划。

当第二天的阳光洒向地面时,我就已经清醒了。沙漠还是不肯让我看到它的尽头。我只好吃了点食物,把朋友和北海叫醒,继续旅程。一路上北海总是警惕地扫视着地上,朋友挠着脑袋不解地问:"您在干什么啊?"北海解释道:"这种地方很容易出现流沙,得十二分小心! 千万不能走错而陷进去!"

我们听了之后,一脸惊恐,瞪大了眼睛不断地扫视着地面,仿佛漫漫黄沙中隐藏着杀手。但我们走了一会儿,并没有发现什么异常,只是感觉越走越累了。北海突然神色惊慌地低喊了一句:"糟糕!"话音刚落,我才发现我的脚步居然开始发软,像一脚踩进了烂泥里。我在心里惊叫:不好,陷进沙子了! 突然,地面像是塌陷了一般,露出一个巨坑,我们三人刚好跌进了那里面。谁知道这个坑下面居然有一个像滑梯一样的东西。手忙脚乱的我们又掉进了那个"滑梯",一直滑到了底部。

等我们反应过来时,我把压住我的朋友推开,才发现这下面别有洞天……

三

这里似乎是一个古老的密室,四周满是时间留下的痕迹。刚才我们滑下来的震动又让一大堆灰尘掉了下来,把我们弄得灰头土脸。这间屋子没有什么光线,显得很压抑。北海打开了手电,看到一行闪着光的大字:欢迎来到沙漠都市。

见鬼,都市是埋在沙漠下面的吗? 我们三个你看看

我,我看看你,一时间面面相觑。没办法,只能硬着头皮往前走了。我和朋友也打开了手电筒,却没看到任何一扇可以离开这里的门,难不成这么一个房间就是"都市"了?

北海摇摇头,神色凝重地说道:"这可能是古时候的建筑,被埋在地下了,我还从没见过这样的情况呢。"我小心翼翼地走着,突然踩到了什么东西,墙壁竟然"轰隆隆"地打开了!

我们互相望了一眼,点点头,走了进去。一块牌子赫然在目:"如果你看到这块牌子,说明这座城市已经永远被掩埋了。我们过度地放牧、破坏树木,才导致了这里土地的沙化,现在我们要离开了,愿你们能够保护自然,别重蹈我们的覆辙!"原来这里真的是一座都市,但为什么会这么夸张地被完全掩埋?我们顶着一脑门的问号走着,看到后面还有一块牌子:"如果你想出去,请往前走。"

我们只能往前走,走过了一条又一条阴暗的走廊,打开了一扇又一扇古老的大门,居然见到了一座用巨石砌成的迷宫,这迷宫也古老到生起了青苔。天啊,这真的是都市吗？朋友抱怨道："这是哪些缺德的人建的啊，分明就是一个陷阱嘛。"但是我们也无退路，只好继续走下去了。朋友刚想随便选个入口，我拉住他说："走迷宫不能乱走，要遵循走迷宫的法则，也就是碰壁回头走、遇到岔路口时往右边走。"通过这个方法，我们从最右边开始，在幽暗的迷宫里绕了无数个弯，终于发现了一块牌子："你走对了，请继续往前。"

我们便继续前进，走了半天，前方没有带来光明，却只给了我们三条路。这时朋友突然手往前方一指，喊道："你们快看！这里好像有字！"我们停下脚步，打量起一面脏兮兮的墙上斑驳的几行字来："这里只有一条路能离开，并且下面三句话只有一句是真的。第一条路上写着：路不是第二条。第二条路上写着：这条路不正确。第三条路上写着：第二条路正确。"我早就知道类似的题目，因此立马说出了答案："选第二条！因为第一句话和第二句话不可能有一句对，因此第三句话是正确的，第三句话说第二条路可以出去！"

这么小儿科的题目可难不倒我们,我们立马从第二条路走了过去。一番波折后,终于重新见到了太阳。虽然沙漠里当头的太阳是很炎热的,但那也比阴暗的地下好了许多。可是……这里离沙漠的尽头还有多远呢? 只有行动才能告诉我们答案。

在这毫无生气的沙漠里,我们没看见除我们外的一个人或者一匹骆驼,却迎来了对我们穷追不舍的各种危险。

我们正一步挨一步地走着,前方突然出现了一阵咆哮着的狂风,而且更远处竟有一堵淡黄色的巨墙朝我们逼近! 北海一看,便大叫:"是沙尘暴! 快找掩体!"我和朋友惊慌失措地左顾右盼,发现离我们几十米的地方有一块巨石,我们像抓住救命稻草那样朝那面真实的墙跑了过去。飞沙汹涌地滚滚而来,四百米,三百米,两百米……眼看就要把我们吞没了,北海又大叫一声:"趴下! 闭上眼睛!"我们在离那块巨石还有五六米的地方趴了下来,飞沙从我们身上奔驰而过。我们一边闭紧眼睛一边摸索着往前爬,好不容易爬到了掩体后面,都心有余悸,感觉刚才过了有几个世纪之久。

待沙尘暴平息后，我们从巨石后面走了出来。附近的地形已经被破坏得疮痍满目，几棵仙人掌却依然屹立着，让我不禁感叹仙人掌的顽强，在这么恶劣的环境还能如此坚强地生长。那么我们想要走出沙漠，只要坚持，又有什么难的呢？我们互相打气，昂首挺胸，继续前进。

走着走着，我们已经是大汗淋漓。为什么会这么热？之前也没有这么热啊！北海察觉出了什么，他说道："不好，沙漠里的温度反复无常，现在肯定在升温，这样会中暑的，得赶快去找阴凉处！"我们望了望周围，一望过去都是黄沙，哪有什么阴凉处？朋友提议道："我们能不能躲进帐篷里？"北海摇摇头："不行，帐篷里散热很慢，不仅不能凉快还会感觉更闷热！"天哪，这可怎么办？

突然，我灵机一动，将帐篷上的布拆下来，再用帐篷的支架做了一把大伞。哈哈，这样就可以挡住阳光了，而且过一会儿还可以把它重新做成帐篷。有了两把"遮阳伞"，总算没那么热了，我们休息了几分钟，又踏上了旅途。

行走在沙漠里的人

接下来一连两天我们都没有遇上危险,可是好景不长——我们的食物和水不够了!北海也是才探险回来就被传送到了沙漠,他的食物和水自然也不多。食物可以少吃,但是在这个地方,水就是生命。茫茫大漠中,上哪去找水源呢?北海对我们说:"我们现在只能减慢行动速度了,白天尽量休息,晚上行动可以避免流汗。""唉,也只能这样了。"我无可奈何地点点头。

四

一转眼到了夜晚,沙漠显得十分孤独。夜空静寂得像水面一样,仿佛稍微一点声音就会让它泛起波纹。月光之下,又是那三个熟悉的人影悄无声息地行走着……

我们慢慢走着,无心欣赏周围的风景,沙漠的尽头也还是那么遥远。突然,我们感到一股寒流袭来,奇怪,沙漠里怎么会感到冷呢?我突然想起来,沙子吸热快,散热也快。而且沙漠的天上没什么云,温度无法反射回来,导致了晚上的沙漠非常寒冷!这可糟了,之前我们在帐篷里没感觉冷,但是现在我们为了减少水分消耗,必须白天休息晚上行动。穿着夏装的我们在月色下被冻得瑟瑟发抖,空气里响起了吸鼻涕的声音,唉,真是"福无双至,祸不单行"啊!

随着温度的降低,我们感到越来越冷,只好重新躲回了帐篷里。第二天早上,我们又一次把帐篷做成了"遮阳伞",希望这样能够缓解一下。我们继续走下去,但还是越走越感到口干舌燥。我想把水含在嘴里,试试能不能好一些,可是事实无情地打破了幻想:水含在嘴里不咽下去,不仅不舒服、不能说话,而且也不能解渴。既然这样行不通,那我只好硬撑着。撑了一会儿,我也没有感到多大的不舒服,感觉这样可行,就继续往前。接着走了约一个小时,我突然隐隐约约看到远处有一片绿,我难以置信地揉了揉眼睛,没错!那一定是绿洲!我一蹦三尺高,开心地大喊:"看啊,前面有绿洲!"朋友往前望了望,不解地问:"你在开玩笑吗?哪有什么绿洲?"我喊道:"你看看,前面那片绿色不是吗?"话音刚落,我突然感到头晕目眩,往旁边倒去。朋友大惊失色,赶忙扶住我,给我喝了一口水。

　　我清醒后，才知道自己是因为缺水而看到了海市蜃楼，不禁懊恼万分，看来试图靠硬撑来省水也不行。现在北海和朋友都只剩半瓶左右的水，虽然我因为早上硬撑着没喝水，还剩一整瓶水，但情况也不容乐观。正当我觉得我们已经无力回天的时候，我又看到了一块绿洲。我以为我又出现了幻觉，叹了一口气。正打算再喝几口水的时候，朋友和北海竟然异口同声地大叫："看！那里真的有绿洲！"我大吃一惊，心想：不会吧，难道他们也出现幻觉了？真的是绿洲？难不成是上天眷顾我们？

　　三个人拿出百米赛跑般的速度跑过去，没错，草地、树木、河流，真正的沙漠绿洲！我和朋友开心地拿出水瓶准备在绿洲的河里装水，却被北海拦住了："先等等，我看看这水能不能直接饮用。"只见他拿出了一个我叫不上来名字的仪器，对着水摆弄了一阵。随后他站起来，摇摇头说："这水不是淡水，不能直接喝。"我听到后差点晕过去，心想：搞什么啊，好不容易找到了一条河，却不能喝水，真是倒霉到沙漠去了！朋友听后问道："那能不能把水过滤一下？"北海听了，又在他的背包里翻找了一下，再次摇摇头说："我没有带过滤的仪器，不过可以找一些材料用来做过滤器。我需要纱布、棉布、鹅卵石和活性炭。"

我喜出望外，马上从包里拿出纱布和棉布，又从河边捡了几块鹅卵石。但是活性炭把我难住了：活性炭是不可能随身带的，野外应该也不太可能会有这玩意，怎么办呢？但是为了能喝上更多水，我也只能满地找了。北海看着我东寻西觅的样子，问我："你有什么找不到吗？"我满头大汗地说："其他东西都有，就是没有活性炭啊！"北海一拍脑袋，说道："那个我自己带了，你把其他东西给我吧。"

我气得很想说"您怎么不早说"，但是为了早点装上水，我也就把话吞到肚子里去了，直接把东西给他了。只见他拿出一个空塑料瓶，把它剪开，放了一层棉布，然后放了纱布和活性炭，又盖了一层纱布，放上一些细沙，最后放上鹅卵石。这样，北海把河水装了进去，便流出了过滤水。就这样，我们带的水瓶都装满了水，三人又踏上了回家之旅。

五

太阳升了又落了,月亮来了又走了,每天千篇一律的风景让我们感觉时间根本就不在流逝,一切就像梦,一场醒不来的梦……

沙漠也还是那个沙漠,那个不愿意露出尽头的沙漠。我们却从未动摇过,无论遇到什么困难,无论离家还有多么遥远,心中只想着:只要坚持,我们一定能够回去!

三个人继续走着,空气保持着沉默。突然,有一句话传入我的耳中,我看看朋友和北海,显然这句话不是他们说的。这意味着……我们遇上别的人了! 我又听到了聊天的声音,在确认这不是幻听后,三个人欣喜若狂。我们将近一个月没有听见过别人说的话了,再次听到竟然又不习惯了。我们赶快跑了过去,那里有两个大约二十岁的人。我们向他们解释了我们为什么会来这。看他们一副不相信和警惕的样子,我们赶紧说:"这是真的,我们确实是莫名其妙地被传送到这里的,我们没有恶意。请问你们叫什么名字?"他们应该相信了,比较胖的那个说道:"我是麦森,这是我弟弟麦林。"

麦森突然和麦林悄悄说了几句话,麦林点点头,对我们说:"你们一路上风餐露宿,一定很累,今天到我们家休息一天吧。"朋友和北海爽快地答应了,我也点点头。随后兄弟俩把我们带进了一座房子。房子有三层,是水泥造的。我们被带进客厅,麦森端了三杯茶给我们,朋友一边道谢一边"咕噜咕噜"喝了下去,北海也喝了。不过我不喜欢喝茶,于是偷偷地将茶倒了。

过了一会儿,朋友突然摇起了脑袋,说道:"我好——困啊……"竟然趴在桌子上睡着了,北海也闭上了眼睛趴在桌子上!什么,这茶难道有问题?这两兄弟想做什么?我也摇起了脑袋,睡着了。麦森和麦林一脸坏笑走了进来,麦森说道:"哼,最近村里来了一大群骗子,这三个人也准是骗子,不过我们可没有这么好骗!我们去找些绳子把他们绑住,他们肯定就招认了。"什么?这两个人把我们当成骗子了?其实我没有睡着,只是假装昏迷,想看看这是怎么回事。兄弟俩又走了出去,我想把朋友和北海叫醒,可是他们睡得和死猪一般,我也不敢叫太大声,免得把兄弟俩惊动了。

突然,我想出了一个好点子。我把他们拉到了沙发后面,然后赶忙跑了出去。我躲在外面,听到两兄弟大喊:"他们肯定逃出去了,快去外面找他们!"然后我等他们跑了出来,赶紧再进去,果然发现了他们丢下的绳子。我用绳子的一头轻轻碰朋友的鼻子,朋友打了一个大喷嚏后被惊醒了。我也这样把北海叫醒了,来不及向他们解释,说了一句:"快跑!"便拿上行李飞一般地逃离了这个村子,我们撒开蹄子朝着"回家"的方向狂奔。

我们跑出很远,远到他们追不到我们了,三个人气喘吁吁坐在沙漠里哈哈大笑。我们知道,笑过之后我们还得打起精神继续在沙漠中一往无前地走着。虽然还没有看到沙漠的尽头,但无论是在沙漠还是在雪地,在高山还是在峡谷,经历了这些磨难,我们内心不约而同地升腾起一股坚如磐石的勇气,我们永远会朝着希望的曙光行走下去。

超忆症

"有这种事？""哇，我知道了！"我——南博士正在一边自言自语，一边操控着一台机器。忽然，我按下一个按钮，"嘟嘟嘟"的声音响起来，一颗白色的药丸从机器上一个小洞里弹出来，落在我的手上。我将药丸塞到了自己嘴里。

"哈哈，成功了！"我仰天大笑。二十年了，从十岁时起我就怀揣着这个梦想。那时的我们就是考试机器，我天天伸长了脖子幻想着：自己长大了一定要研制出一种让人可以轻松考试的东西。如今，我发明了"超忆糖丸"！我儿时的梦想终于变成现实了。都说人要三十而立，现在我已经是一个顶天立地的男子汉了。所以,我要衣锦还乡了!

我急急收拾行李,顾不上那些在科学杂志上听到风声,早早就候在实验室门口的嗅觉灵敏的记者,踏上了回家的旅途。一路上我都无心看风景,心里装满活蹦乱跳的期待。不知我回到家最先会碰到谁?是我那几年未见的父母,还是我那白发苍苍得了老年痴呆症的老祖母,抑或是我那个还在上大学乳臭未干的妹妹?他们一定会热烈地欢迎我的。

我手提一大包"超忆糖丸"出现在家门口。家里的门响起一阵悦耳的彩铃声后自动打开了。家里竟然没人,我有点失望。我放下行囊,环顾四周。家里家具陈旧,一台时而轰鸣的小冰箱悬浮在半空中,一台已经有些过时的电视机在四面墙壁放映着不同的画面,其中有一面竟然在放我儿时看过的动画片。沙发上还铺着我离家时的垫子,木质的沙发脚斑斑驳驳彰显着时间的痕迹。都是可以到月球上旅行的年代了,这些"老古董"竟然还没扔,我心里暗暗惊奇道。这时我的目光落到茶几上的一个小鱼缸上。

我打开袋子,拿出糖丸,迅速地把那糖丸掰下一小块,扔进一条金鱼的嘴里。就在这时门后响起了木头敲击石块的声音。我一转头,原来是妹妹扶着奶奶进来了。此时六目相对,气氛竟然有些尴尬起来。

"这是谁家的孩子呀?"奶奶伸出皱巴巴的手,颤颤巍巍地朝我走来。

妹妹惊叫起来:"哥,你在给金鱼吃什么呀?会撑死它的!"

我的脑袋转向肚子圆鼓鼓的金鱼说:"超忆糖丸呀!你可别小瞧这颗糖丸,它虽然只是颗白色的、比弹力球小一些的圆糖丸,但它能让人的记忆力提升至百分之百,比黑猩猩都高出不知多少。黑猩猩可是最聪明的动物,记忆力比大学生还高。吃了这颗糖丸人就能够过目不忘,把任何一件小事都记得一清二楚。而我把它给鱼吃,因为鱼的记忆最多只有七秒。你看,现在那鱼不是正盯着我,看了又看吗?这说明我的实验成功了。"

我的表演欲来了,我又将鱼食藏在三块石头的其中一

块下，半分钟后才让金鱼去找，它竟然轻松找到了鱼食。我又掏出一瓶写着"解药"的小瓶子，往金鱼身上一喷，它又变得傻乎乎了，甚至不知道自己在干什么。

"哥，你快住手，金鱼真的要被你撑死了！"妹妹气急败坏地喊道。

就在这时，那只鱼的肚子果真朝天花板翻了过来。

我才不管什么鱼不鱼的呢，因为外面蹲守着一大波记者，我要利用这个机会让超忆糖丸上市了。我开了门，一位富翁抢先购买了超忆糖丸。记者对我进行了采访，这个视频立刻有几百万人同时观看，点击率超高。当天，超忆糖丸就被有钱人一扫而光。许多人砸锅卖铁地等待第二批糖丸上市。

学生的学习速度大幅提升，老师讲课的效率也提高了，再也不用拖堂了，吃过超忆糖丸的学生都拿着满分的卷子招摇过市。可是令我困惑的是，奶奶吃了我的超忆糖丸，老年痴呆症竟然没有好起来。更坏的结果是，过犹不及，一个没有竞争力的社会从此出现了。

人们都开始偷懒了，一大批号称"嫁人要嫁灰太狼，做人要做懒羊羊"的网虫出现了！你很难想象，这批网虫扩散的速度是如此之快，他们像蜘蛛吐出的丝那样组成一张巨大的网，笼罩着整个社会！

警察开始抱怨上级，坏人都更加猖狂。我万万想不到，原本能造福人类又能让我发家致富的药丸竟会造成这么大的不良影响。我成功赚到了钱，可是却变得不快乐，整天把自己关在房间里闷闷不乐。

"哥，你变了，二十年前的你不是这个样子的，那时你学习好、热心帮助同学，对家人都很好。你那时想当科学家，你的理想初衷是好的，可是跑偏了轨道。趁爸妈月球旅行回来之前把这些不能吃的糖丸销毁掉吧。现在我们的生活比二十年前好太多了，到月球上旅游都不用那么多的费用了。我们生活在高科技的便利中，但高科技有时候也是一把双刃剑，我们要用对地方才会造福人类。国家需要你这样的人才，去创造一些更有价值的东西吧。不管怎样，只要我们一家人在一起，就是幸福的。这些年，我们真

的很想你。"妹妹推门进来,坐到了我身边,语重心长地跟我说了这么一段话。这个笨笨的妹妹今天竟然能对我讲出这么一番大道理来,着实让我吃了一惊。

听了妹妹的话,我如梦初醒,心里像打翻了五味瓶。我赶紧将超忆糖丸停止生产,回收超忆糖丸。我喝下解药,希望一觉醒来能好一些。结果我一觉醒来,那些事仍刻在我脑袋里,超忆症并没有好起来!

我到了回收超忆糖丸的地方,看着堆积如山的糖丸,现在我觉得它们就是恶魔!我毫不犹豫地销毁了它们。在毁掉药丸的一刹那,我感到如释重负。二十年前的记忆奔涌而来,仿佛就发生在昨天。我甚至怀疑这只是一场梦。我想说:能够忘记痛苦,多幸福啊!

从此以后,再也不会有人无缘无故得超忆症了。

月亮失踪之谜

某日，日落的时候，天空突然暗了下来，什么也看不见，所有的人都成了"睁眼瞎"。落日像是"咕咚"一声掉进大海里，月亮没有准时来接班。

在黑暗里，许多人早早地睡下了，就连夜猫子都懒得出来活动身子。你可别问他们为什么不开灯，甚至不点火柴，这些人连听都没听过这些东西。他们在有火柴之前只靠月光来照明，在爱迪生发明电灯之前人们的眼力贼好，可惜发明电灯后退化了。

为什么月亮不发光了？它不见了吗？被天狗吃了吗？

这一系列的问题困扰着人们,令他们寝食难安。有两个好奇心很强的小伙伴居然异想天开地说要去找回月亮,人们都说这怎么可能,月亮离大地可是有好几亿个月饼的距离呢。

没想到两个小伙伴根本没搭理人们,他们的想法一旦开始发酵,十头喝了酒的牛都拉不回来。两个小伙伴一个叫张弛,一个叫鲍诺,两个人都在摩拳擦掌,准备去寻月。张弛收拾行李的时候太激动了,导致他没放新袜子,却把鲍诺三天没洗的臭袜子塞进了行李箱。鲍诺煮鸡的时候甚至忘了放盐。他们比打了鸡血还兴奋,连吃东西都食而无味,可能连在吃什么都不知道。

吃过早饭,俩人飞奔出去。待兴奋劲稍稍褪去,他们才发现自己没有目标——谁知道找月亮要往哪里走?反正坐着等是不会有结果的,只有先付诸行动了。俩人又讨论了一番,决定用平时玩的"点兵点将"的方法来选择方向。命运就是这般巧合,最终确定的方向正是他们前进的方向。

两个小伙伴踏上了旅程,他们的行李足够两人吃喝穿戴一个月。他们越过高山,穿过树林,绕过湖泊……每天晚上鲍诺都像天文学家一样观察天空,研究星象,期盼能够找到月亮的蛛丝马迹。而张弛则负责在周围的隐蔽处找找,看看哪里会出现光亮。白天,两个小伙伴一边走路一边像特务一样左顾右盼,也许月亮会变成一面镜子掉落在哪个不起眼的地方了呢。俩人在途中重复最多的话就是:

"找到月亮了吗?"

"没有。"

又找了许久,连月亮的影子都没有看见。直到有一天晚上,一个圆圆的东西落入鲍诺眼帘中。他吃了一惊,对张弛说:"你看!上面是什么?"张弛看了半天,看不出个所以然,对鲍诺说:"反正不会是月亮,它像苍蝇一样在乱转呢。"

他们继续找啊找,又找了半个月。每个夜晚都是伸手不见五指的黑,张弛沮丧极了,几乎要放弃了。鲍诺鼓励张弛说:"不能半途而废,回去会被村里人笑话,我们再坚持一下,也许就找到月亮了,那时我们就可以扬名立万了。"

又过了几日,鲍诺像之前一样望着天空。突然,天空中出现一道久违的亮光,亮光中一个大圆盘冒了出来。鲍诺揉了揉眼睛,确定自己没有看错后,他一蹦三尺高,大声喊道:"张弛快来! 找到月亮啦!"张弛一听马上跑过来看,那"月亮"正望着他们呢。两个小伙伴高兴坏了,张弛突然说:"那月亮会跟着我们走吗?"鲍诺一愣,随即说道:"我们试试。"

两个小伙伴往回走,走了一段路,"月亮"竟然还真的跟在他们上空,并且有继续往前走的意思。他们开心地跑了起来,跑到一半,鲍诺突然停下来气喘吁吁地说道:"咦?今日是月圆之夜,这……月亮怎么……怎么是椭圆形?"话音刚落,"圆盘"突然不见了,取而代之的是一片熟悉的黑暗。张弛摔了一跤。此时,远处的树林传来一阵奇怪的声音,并且透出斑斑驳驳的亮光。

鲍诺扶起张弛,俩人不约而同地奔向树林。他们被眼前的一幕惊呆了:树林里一片亮堂,一群猴子正一只又一只拉着倒挂在池塘边的一棵大树上,最下面的猴子用手在池塘里搅动着……

几个世纪过去了,天才少年南皓仁正坐在电脑前玩自己用编程软件设计的一款叫"找月亮"的游戏,电脑右下角突然弹出一则新闻:最近,科学家们发现了一颗椭圆形的新卫星,它正慢慢地接近地球并绕着其转。估计两百年后,地球上空会出现第二个月亮!将来这颗"月亮"会不会与现在的月亮共存?还是会相撞?这还是个谜。不知为何,这颗卫星只有一个简单的名字:3753……

这时,南皓仁同学那个刚学会说话的小弟弟像只小猴子一样蹦蹦跳跳地跑过来,对他说了一句让人大跌眼镜的话:"哥哥,宝宝要看动画片——《猴子捞月》。"

爱的蝴蝶效应

在一望无际的大草原上，住着许多黄牛，其中有一头黄牛已经很老很老了。一个贫穷的农夫养了这头老黄牛，老黄牛很卖力地帮农夫干活。农夫还有一个十岁的儿子，他对老黄牛像家人一样好，每天都会跟它讲讲学校里发生的趣事。

那头老黄牛干了半年活后，体力明显不支，因为它真的太苍老了。农夫给老黄牛发食物时，老黄牛心想：我老了，不能给农夫干活了，只会吃喝拉撒，不知道还能不能留在这个家里？老黄牛吃完了食物，留下一坨牛粪。

农夫在打扫时,看中了这坨牛粪,他将这坨牛粪收集起来,给稻田施肥。老黄牛每一天都会留下一坨牛粪,农夫的庄稼经过多次施肥,长得非常好。他卖掉了这些稻谷,赚了一些钱。

农夫赚到一些钱,首先要做的当然是给孩子买新的书包、文具和书本。孩子的书包都用了几年了。

有一天,农夫正在收割庄稼,一位路过的慈善家看中了这些庄稼,他对农夫说道:"您的庄稼我全包了,我可以付双倍的钱。"农夫欣然同意了。

那位慈善家将从农夫那买来的庄稼让人制成大米,把大米和一大笔钱捐给了当地一所贫困学校。孩子们兴高采烈地目睹了慈善家的风采。其中农夫的儿子就站在学校临时搭建的舞台上领过了那张带给这所小学希望的银行卡。学校建立了食堂,买了新书和乐器,放到图书馆和音乐室。

农夫有时候呆呆地望着老黄牛,心想:老黄牛太老了,杀了还能卖牛肉,要是老死了,牛肉就不能卖了。他把这个决定告诉儿子,儿子一听眼泪就下来了。他恳请父亲不要杀老黄牛。孩子寝食难安,但他深知自己家境贫寒,不能给父亲添堵。他默默承受着与老黄牛生离死别的痛苦。杀牛那一天,儿子哭着跑到路边,坐在那收割过的稻田里发呆。

不一会儿,农夫的儿子看见一个熟悉的背影,揉了揉眼睛,确定自己不是在做梦。他朝那个背影奔了过去,哭着喊道:"叔叔,您帮忙把我爸爸的老黄牛买下吧!不然它会被杀死的!"慈善家一愣,他怔怔地看着眼前的孩子,觉得似曾相识。慈善家听清了孩子焦急的解释后,拉着孩子的手一路狂奔到农夫家。农夫已磨好了刀子,那头老黄牛正静静跪在地上等待自己最终的命运。慈善家与孩子一同走了过去,他摸了摸老黄牛的头,那牛竟流出了眼泪。慈善家朝农夫走去,两人耳语了一阵,农夫点了点头。

第二天,农夫对儿子说:"那个好心人买走了我们的老黄牛。现在我要告诉你一个埋藏在我心底许多年的秘密,这个秘密关系着你的身世。其实我并不是你的亲生父亲,而那位慈善家,极有可能是你的父亲。我得带你去验DNA。"孩子的灵魂在颤抖,仿佛有什么东西在他心里重重捶了一下。他听从农夫的话去验了血。

经过焦急的等待,结果出来了。果然不出慈善家所料,孩子就是他失散多年的儿子!他们相拥而泣。

慈善家其实是一位远近闻名的小提琴家。当年他在这个村里爱上了一位姑娘,姑娘生下孩子后因无力独自抚养孩子,只得把孩子放在农夫家门口。姑娘后来远走他乡,音讯全无。小提琴家此次回到这个村,一半是因为旧情,另一半是因为他想把音乐传播到这个他曾经爱过的小村庄。

小提琴家开始教儿子拉琴。虎父无犬子,孩子很快就入门了。

为了庆祝父子相聚,父子俩打算举办一场演奏会,就在学校临时搭建的音乐舞台上。门票一律免费。慈善家朝台下鞠了一躬,眼含热泪说道:"亲爱的观众们,今天是我一生中最重要的日子,因为我找到了失散多年的儿子。

在此我要感谢两位来宾,一位是孩子的养父,另一位是老黄牛。"

突然,随着"哞"的一声,那头老黄牛驮着一把精美的小提琴出现在了舞台上。父子俩开始合奏,观众如痴如醉地听着这天籁之音。一曲终后,台下响起了雷鸣般的掌声。此时,台上的聚光灯打在了老黄牛背上,那把小提琴在灯光中闪闪发亮……

爱的救赎

一个风雨大作的夜晚。

阴暗的街道上，一条黑影一闪而过。"倒霉！"那个人开口了。他已经"光顾"了许多间房子，但是却一无所获。现在还下起了大雨。看来今晚是偷不到什么好东西了，不过他还想最后试试运气。

"只有傻子才会三思而后行，天才都是靠灵光一现！"他嘟哝着，像下班回家一样轻轻松松地打开了门。屋里的东西很破旧，显然这里也没有他想要的值钱的东西，当然更没有现成的钱，这里的人可真够穷的。

他走出了那间屋子，靠在屋檐底下，回想起他的身世：他六岁时被人贩子拐卖，身处异乡，迫不得已做了盗贼，好几年都在黑暗中摸爬滚打。如今已经十八岁了，他早已迷恋上了这个职业，虽然自己像只东躲西藏的老鼠，人人喊打，但好歹有口饭吃，也不用再看那些坏人的脸色。他一边想着，又习惯性地撬开了另一家的家门。

他本来是打算休息的，可是刚才的回忆使他分了心，他又进了另一栋房子。为什么不呢？也许他的好运就要来了。他在这房子中摸索了一阵，简直一点声音也没发出。他看了房间，检查了柜子，把屋内翻了个底朝天。然而这条街上的人貌似全都不想满足他，这里照样没有钱财之类的玩意儿。

气愤的他决定砸门而去，反正在这破地方也没有警察，他不会被发现的。可是，还有一间房间用挂锁锁着，他得逛完再走。

他撬开了门锁。门"吱呀"一声开了。一张照片映入眼帘。照片是一张全家福，里面有一个四五岁的小男孩笑得一脸灿烂。他揉了揉眼睛,轻轻擦去相框上的灰尘……

记忆如潮水般涌来,他隐约回想起当年那些快乐的时光,爸爸妈妈也是这样搂着他拍照……而现在呢?他已经成了一个人人唾弃的盗贼,他的内心突然像是涌进了一股巨浪般剧烈翻腾起来。他走到那张旧书桌前,坐了下来,突然拿起一本泛黄的作业本跑了出去,他瘫倒在地上。冰凉的雨水打在他的脸上和身上,与他的涕泪混在一起。狂风呼啸,他心里的矛和盾开始打架……不!现在还来得及,如果我现在金盆洗手,也许仍能重新来过。泪眼蒙眬中他按下了手机上那三个熟悉的数字。

此时远处的警笛声渐渐逼近。看来这就是终点了。他没有多想,撕下了一张纸,在上面写上了字。警察从车上下来,把他带走了,他什么也没说。

第二天,一对夫妇互相搀扶着来看他。他们手中捏着两张纸。一张是失踪人口数据库DNA证明,另一张纸上写着:爸,妈,对不起,儿子回来了。

童年童话

一块泡泡糖

泡泡糖亨利·威尼斯·柏林·罗马·华盛顿·伦敦·北京·雅典·巴黎·纽约·小明刚被生产出来，它是由白砂糖亨利、色素威尼斯、明胶柏林、葡萄糖浆罗马、植物油华盛顿、葡萄糖伦敦、柠檬酸北京、麦芽糊精雅典、食用香精巴黎、纽甜纽约等材料制成的，我们就叫他小明吧。

小明被一个青年买下了，被扔进他的嘴里大嚼特嚼，时不时被吹成小泡泡，又被吸回去。等小明的味道被青年嚼完，就被毫不留情地吐到地上了。

一个孩子蹦蹦跳跳地走了过来，一个不留神，踩到小明的身上,摔了个狗啃泥。小孩爬起来,拍了拍身上的灰,一脚把小明踢进了路边的下水道。

小明在黑暗里下坠,耳边是呼呼的风声,鼻尖是酸酸的臭味。这怎么对得起我精致的白砂糖亨利、色素威尼斯、明胶柏林啊!小明悲催地想。不知道坠落了多久,小明掉到一只正在飞奔的老鼠身上。雪白喷香的自己居然被驮在乌黑丑陋的老鼠背上!"喂,停下,停下!"小明大声喊着,可是老鼠跑得更快了。

小明感觉自己骑着一头发怒还发疯的大象,任凭他喊破喉咙,横冲直撞的老鼠刹车似乎失灵了,怎么也停不下来。万一这耗子淹死在水里,又或者是被一只猫一口吞了,我就再无翻身之地了!小明暗暗叫苦。老鼠拼命转弯,小明忍着强烈的恶心没有呕吐(一吐的话,亨利、罗马、北京等一系列高雅的好朋友就都要离他而去了)。那只傻老鼠显然已经被自己弄得晕头转向,朝着一个方向冲刺而去。"咚"的一声巨响,小明仿佛听到了炸弹爆炸的声音,老鼠做了一个完美的360度的后空翻后重重地摔在地上,黑乎乎的嘴里一口鲜血喷射而出。小明浑身一哆嗦，犹如一摊烂泥摔倒在地。他感觉自己完美的名字正断成一截一截，残忍地离他而去。

正当他度秒如年时，一片阴影伴随着一股恶臭扑面而来。他吓了一大跳，意识到自己此刻正在一只臭烘烘的鞋底。现在，他完全置身于黑暗之中了。小明祈祷着这只像五指山一样的臭鞋赶紧抬起来。他试图扭动身子，企图从这只臭鞋底下挣脱出来。可越扭动他觉得自己与这只臭鞋的接触越亲密。小明一下子停住了，他意识到自己一旦离开这只臭鞋就失去了重见天日的机会。"好汉不吃眼前亏，先忍忍，等我出去了，一定要恢复原来的容貌，打造全新的自己！"小明在心里嘀咕道。

小明闭上了眼睛，周围传来"叮叮咚咚"的声音，似乎有人在修理着什么。你若把那只鞋子翻过来看，就能看见曾经白如雪、甜如蜜的泡泡糖小明现在是黑不溜秋的一团鼻屎，闻上去还带有口水和死老鼠混合的奇怪气味。当小明感觉到工人即将爬出下水道时，他欣喜若狂。天上下着

一块泡泡糖

淅淅沥沥的小雨,仿佛小明的眼泪。小明期待雨水能够将他从那只臭鞋底下解救出去,谁知雨水却让小明粘得更紧了。工人抬起脚的瞬间,小明从水坑中看到了自己面目全非的倒影,他明白自己已今非昔比了,他的幻想破灭了。他现在只是一块人人唾弃的烂泡泡糖,一块被人嚼过、被老鼠驮过,还被一只臭鞋踩过的烂泡泡糖而已。他曾经是亨利·威尼斯·柏林·罗马·华盛顿·伦敦·北京·雅典·巴黎·纽约·小明,可现在他只叫——小明。在车水马龙的街道上,小明看见一个商店,商店的橱窗里摆着几块包装精美的泡泡糖,小明曾经是他们中的一员,可现在呢?想到这里,小明悲从中来,强烈的反差让他的大脑一片空白。

小明号啕大哭起来,感觉自己就像个一无所有的乞丐。此时,雨停了,太阳却在日落时分奇迹般地亮相了,余晖照在工人的鞋上,而鞋底却阴影浓重。工人快速钻进他的卡车。车子缓缓启动了,就在此时,工人悻悻地把车停下。"真晦气,油箱竟然漏油了!"他一边嘟囔着,一边踩脚,小明痛得龇牙咧嘴。就在此时,工人发现自己鞋子进水了，"真倒霉！"工人边说边脱下鞋，于是，他摸到了一块奇怪的东西，这就是我们亲爱的小明。"快救我！"小明顾不上优雅和庄重，失声喊道。可工人浑然不知，他慢慢地将小明拉长，可怜的小明终于得救了。工人眯缝着眼睛仔细打量着乌漆麻黑的小明，露出一脸嫌弃的表情。正当他准备扔掉小明时，他的眼睛突然睁大了，他径直走到油箱后面，伸手将小明贴在了油箱的破损处，漏油奇迹般地停止了。工人重新上了车，发动车子，并且愉快地哼起了走调的歌……

　　下一站，小明不知道自己将会去往何方，但他暂时不用去想了。因为此刻，他睡着了。

一块泡泡糖

渔夫与魔鬼故事新编

　　很久很久以前,一个渔夫在沙滩上打鱼,前三网都是一无所获,他撒下第四网,并祈求神仙让他打到几尾鱼儿,却只打到一个沉重又精美绝伦的瓶子。

　　这个瓶子上刻着美丽的花纹,瓶盖上印有所罗门的印章,渔夫喜笑颜开,认为这个瓶子能卖几个金币。他好不容易才打开瓶子,里面竟然飘出一个凶神恶煞的魔鬼。那魔鬼说他是被所罗门囚禁在瓶里的凶神,如果在他被囚禁的那一个世纪有人来救他,他会使那人终生享尽荣华富贵,可是没人来解救他;如果第二个世纪有人救他,他会替那人开发全世界的宝藏,可仍没人前来解救他;如果第三个世纪有人来解救他,他会满足解救者的三个愿望,结果还是没人来解救他。他怒不可遏,发誓说这个世纪如果有人来解救他,他就要置那人于死地,不过他还是很"人性化"地让那人选择怎么死。

魔鬼的一番话让渔夫抖成了糠筛,他连忙求饶,魔鬼却非杀他不可。生死关头,渔夫灵机一动说:"既然魔爷决心要杀我,我也不是贪生怕死之辈,不过死前有一个问题,请你一定要回答我。"魔鬼不耐烦地催他快说。

渔夫指指胆瓶说:"那个胆瓶按理说连你一只手脚也容不下,怎能装进你整个身体呢?"

魔鬼被渔夫激起了表演欲,化为一缕青烟飘进了胆瓶。渔夫见状,捡起瓶子和盖子,用尽全力盖上瓶盖。魔鬼发现自己上当,还想欺骗渔夫,渔夫厉声对魔鬼说:"这次要让你在海里待到世界终结,并把你的劣迹告诉大家,让你永世不得翻身!"话音刚落,一道完美的弧线随着"啪"的一声巨响便落入汪洋大海。

渔夫与魔鬼故事新编

渔夫的故事在当地引起了轰动。此时魔鬼又开始许诺了："如果这个世纪有人来救我，我……"一些水手和老渔翁也说他们曾在不同的时间里捞到过那个胆瓶，但都因为害怕而把它扔了回去。

一个世纪又一个世纪过去了，魔鬼在第七个世纪里说："所罗门啊！我什么时候才能重见天日啊，如果这个世纪有人来解救我，我一定满足他三个愿望！"

大街上有一个好吃懒做的年轻人叫小强，他靠着父亲留下的财产游手好闲，做什么事都不认真。最近他花钱如流水，财产都要所剩无几了。他正挖空心思地想着如何把钱赚回来，突然想到几个星期前听的一个故事，他决定去冒一次险，也许捞上魔鬼就飞黄腾达了呢？

小强买了一张上好的渔网，跑到沙滩上撒网，几十网下去，几百尾鱼儿被打捞上来，小强根本没在意，任凭鱼儿上蹿下跳地返回它们的家乡。他锲而不舍地打捞，功夫不负有心人，那古老的瓶子又一次重见天日了。

小强累得筋疲力尽，他使出吃奶的力气拔掉瓶盖，那可怕的绿烟冒了出来,组成了面目狰狞、披头散发的魔鬼。

小强吓得一屁股坐在地上,气喘吁吁地说:"呼……我竟然想不出许什么愿望了,要是我能恢复力气就好了。"

魔鬼说:"如你所愿!"

小强顿时神清气爽,全身的力气都恢复了。他惊讶地喊道:"咦,我的精力真的恢复了? 不对呀,难道我已经用了一个愿望了?"

魔鬼笑着说:"是的,你还剩两个愿望。"小强暴跳如雷,但又不敢拿魔鬼怎么样。第二个愿望该许什么呢?

他绞尽脑汁,正打着如意算盘:要金银珠宝? 不,太俗了。要一栋大房子? 不行,那太普通了。要聪明才智? 不,聪明值几块钱一斤啊? 不如干脆把想要的都概括地说出来。于是小强脱口而出:"我想要过上天堂一般的生活!"

魔鬼狞笑着吼起来:"那就让我送你上天堂吧!"说完向小强飞去,张开血盆大口要吞噬掉小强。

千钧一发之即,小强扯破嗓子喊:"停! 我还有——第三个愿望!"

魔鬼刹住车,眉头一皱说:"好吧,再给你两分钟时间,反正你也逃脱不了被吃掉的命运。"

小强感觉自己已经山穷水尽了:两个愿望浪费了,自己还背负着死亡的威胁!他哭丧着脸"咚"一声瘫坐在地上,继续消耗着他那可怜的脑细胞。他搜肠刮肚:要是能让魔鬼变善良,不吃我就好了,也许我真的可以这样许第三个愿望?不,好人有一天也会变坏,更何况他还是个魔鬼,换汤不换药还是没用。我不就是学坏了,现在处在生死边缘吗?!但这是我最后的机会了,如果我能活着回去,我一定改过自新!就在这时,小强的脑袋里"蹦出了火花",他用平生从没这么大的声音喊:"魔鬼!我希望你不是一个魔鬼,而是一个好人!"

魔鬼问:"好人是什么,好吃吗?"

小强窃笑道:"你试试看就知道了。"

这时,发生了奇妙的变化,魔鬼感到一股暖流从心底缓缓地流过,他被这股魔力震慑住了,久久地站在那里一动不动。小强见状,蹑手蹑脚地从他身边溜走了。

一块面包的奇遇

清晨,我一觉醒来,抬头一看——咦?房间好像变大了?我急忙下床,只是轻轻一动,就打了个滚。我摸了摸头,感觉又热又软。我在脑海里快速搜索着那些记忆的浪花,却像是陷进了时光的烂泥里无法自拔。

昨天我在哪里?做了什么?我喃喃地问着自己,却发现自己的声音含混不清,像是被风扯乱了似的。我环顾四周,发现地面离我就像深渊一样远。我一愣神,径直摔了下去。

我心想:倒霉! 这下肯定要摔出一个大包来。然而想象中的巨响和疼痛却没有出现，我轻得像根羽毛似的，毫发无损地落在了地上。真是奇怪了，怎么会这样？我想往前走几步，却迈不开腿。我想低头，脖子却像是被什么固定住了似的扭不动。我一使劲，就往前打了几个滚，又一下子蹦得很高，我发现自己有超强的弹跳力，直接跳到一面镜子前。镜子里的景象让我大吃一惊：哇，我怎么变成一块面包了？而且是一块新鲜的、刚出炉的面包！

　　我还没回过神来，又听到了脚步声，那脚步走得很快、很轻，不知道是谁发出的。我突然想起来，老家有很多老鼠，该不会是哪只馋鼠闻到我——也就是面包的香味，想要大快朵颐一顿吧？果然不出我所料，我发现桌脚下的一只大老鼠正虎视眈眈地盯着我呢！它想方设法爬上桌子，但因为身体太肥胖而力不从心。我被它的动作逗得哈哈大笑，完全忘记了它可是想要吃掉我的。我笑得太厉害，竟然掉下了桌子，我的脸立刻吓绿了（如果面包也能变绿的话）。大老鼠朝我扑过来，我连滚带爬地逃命，即使我能跳得很高，也还是被老鼠追上了。我背后发凉，感觉老鼠的魔爪要把我撕扯开。这时前面突然出现了一堵墙,我依靠我的弹跳能力从墙上弹了回去,可老鼠就没那么幸运了——它直接撞在了墙上,口吐白沫晕了过去。

过了一会儿,我听到我的肚子"咕咕咕"地叫起来了,那是饿的滋味。我暗自奇怪:面包还需要吃东西吗?我发现刚才被老鼠撕下的一小块地方居然长回来了,我暗自思忖:既然老鼠咬的洞能长好,那我能不能吃自己呢?我实在太饿了,没有多想,抓下来一块就往嘴里塞,太美味了!而且我一吃完,缺口就长回来了。

我打败了大老鼠,又吃饱喝足,顿时心情愉快,想要出去走一走。可外面巨大的世界又令我担忧——我以后要怎么办呢?难道就做这块面包吗?做一块神奇的面包固然好,饿了就吃自己,不用担心一日三餐。可是人的一生难道就只有这一日三餐可以考虑吗?不,人生还有很多梦想等着我去实现呢!编程、现代科学、文学,每一个梦想都在星空闪着光呢,我多么想伸出手来触摸那些梦想啊。可是,现在,那些梦想已经遥不可及了,因为我成了一块不能

一块面包的奇遇

施展拳脚的软面包了。还有我在那个世界的亲人与朋友，我想念母亲做的饭菜，想念朋友与我一起踢足球时的欢声笑语。想到这，我的眼泪就夺眶而出，还好，变形没有剥夺我流泪的权利。我被自己的眼泪打湿，渐渐地瘫软了下去。

就在这时，我听见几个人的喊叫，还有一个人的跑步声，一只大脚泰山压顶似的朝我压了过来，一个戴着黑口罩的人从我头上摔了过去，摔了一个狗啃泥。"救命！""救命！"两声凄厉的喊声刺破高空。我随即晕了过去。不知过了多久，我隐约感到有人从我身上踩过，也许我已经烂在土里，和大地融为一体了。

当我再次醒来，发现自己还躺在床上，我又变回原来的样子。我拉开窗帘，抬头一看，窗户外的大屏幕上一条新闻赫然在目：昨日，我市一臭名昭著的盗贼被警方发现，在逃跑时踩到一块面包后摔倒，现已被捕……

美的散文

与众不同的新年

年年都过年，但那一次，我过的年却与众不同。

原本我已经准备好在老家南宅和亲戚们一起过年，可今年表哥表姐竟然破天荒地不回家过年了，奶奶想去邯郸过年，我干脆就和她一块去了。到了邯郸，还能和表哥表姐一起玩！

在邯郸，我吃了好几次团年饭，大部分都是吃火锅——北方冷，所以大家都喜欢吃火锅。可惜我并不怎么爱吃这种"温暖人心"的食物，我连海鲜都不爱吃，父母说我既不像南方人，也不像北方人。据说北方人过年都吃饺子,饺子倒是我的真爱,怎么吃也吃不腻。在姑父的公司吃年夜饭时,我吃了二十个饺子还不够。

在我两三岁的时候,南方的老家曾下过一场大雪,据说爸爸还堆了个雪人,可惜我根本不记得了,我真希望自己的童年时光里能有一场足以打雪仗的雪啊。我到邯郸的时候,那里下了一场小雪,雪越下越小,很快就没了。我许了一个愿:希望在我回家之前,能够目睹大地银装素裹的盛景。

机会终于来了!在我回家的前一天,北方的天空突然飘起了鹅毛大雪,这可把我高兴坏了。我和表哥兴奋得像两只猴子似的蹿到门口,姑姑一把抓住了我:"穿羽绒服,戴帽子,还要戴手套!"我们只得乖乖地穿戴整齐。来到楼下,迎面而来的冷空气让我倒吸一口凉气,但那飘飞的雪马上吸引了我的目光。那雪真白啊!白得仿佛一个个小天使在空中跳舞。地上已经积了厚厚一层雪,脚一踩就发出"咯吱咯吱"悦耳的声音。我们对着天空大喊,天空仿佛听懂了我们的话似的,给了我们回应——雪越下越大,我们的雪仗也越打越欢。银铃一般的笑声直上云霄。姑姑充当我们的摄影师，将我们的笑脸定格在了一张张照片上。

　　每次过年，老师都会布置一项我最喜欢的作业——百元购年货。记得最早两次我都是在菜市场买的年货，我戴着口罩，迎着呼呼的北风采购，小手冻得通红。每买一次年货，我仿佛就长大了不少。去年，妈妈得带弟弟，是舅妈陪我买的年货。今年更特别了，是姑姑在邯郸带我选购年货。我为妈妈选了一瓶洗洁精，但是姑父说洗洁精不能带上飞机，我就选了亲子袜。妈妈穿着我从北方专程带回来的袜子，一定会觉得很温暖吧？我还给外公外婆买了筷子，给表妹买了巧克力……那一刻，我突然好想念远在家乡的亲人……

与众不同的新年

梦萦魂绕家乡情

　　"采菊东篱下，悠然见南山。"我喜欢陶渊明的这句诗，每每念起它，我的眼前就浮现出我的家乡——南宅。

　　我的老家南宅是一个倚山靠海、风景如画的小村庄。我们屋后有一条清澈的小河，它一眼望不到头，承载着父辈儿时游泳的欢乐。鱼儿一代又一代在这里繁衍生息，它们一定与我们一样有着活蹦乱跳的童年。我小时候经常看见一些老人坐在夏日或秋日的余晖里垂钓。鱼儿们在水里仍旧悠闲自在，对着鱼钩迎来送往。我想垂钓者钓鱼大概不是为了吃，我也经常看见他们在日落时分起身，深情地望一眼波光粼粼的水面,把塑料桶里的鱼重新往河里倒,那重获自由的鱼便扭着灰白的身躯在水面上扑腾一下跃入"龙门"。这条河为这块地增添了许多缤纷的色彩。小时候我每每向它靠近,想对它一探究竟,母亲总是会在我身后大喊一声:"小心!"然后以迅雷不及掩耳之势将我搂入怀中。我"咯咯"的笑声穿越甜美的空气,响彻云霄。

在学会骑单车的那个秋天,我笨拙地踩着踏板行驶在一条宽阔笔直的乡村大路上。那条路旁一棵棵郁郁葱葱的松树像军人一般挺立,松树后面就是大片大片的稻田了。金秋时节,那金黄色的稻穗弯下沉甸甸的腰,仿佛好听的歌声拂过稻田,连细小的水波都漾起了一阵阵美妙悦耳的音符。松树的树叶垂挂下来,与村民一起守候着这丰收的希望。我每每在这条大路上练习骑自行车,迎着微凉的风,好不惬意!

如果单单是这种精神上的快乐便也罢了,南宅更令我心驰神往的便是我们屋前那棵老而弥坚的枇杷树了吧。屋前有一棵高大的枇杷树,上面的果实一成熟,便调皮地

向我招摇着它的成熟,吸引着我的口水。那时还在世的爷爷一从外地回来,便给它"喂"白糖,他说枇杷树可馋着呢,一吃白糖它的果子就会可劲地长,成熟后就会很甜很甜。有一次我忍不住跳起来想够着最低矮处的果实,结果摔一屁股蹲,惹得爷爷奶奶哈哈大笑。

如今奶奶也从乡下搬来与我们同住了,我已很少回去,但我时时想起家乡那山那水、那稻那田,想起骑单车的畅快,想起自己因为调皮而牵引出的笑声。每当想起这些,我的心里便有一种莫名的情愫泉涌而出。

奶奶，我想对您说

　　亲爱的奶奶，今天我想跟您说说我的心里话。在我心目中您时而可爱，时而令人摸不着头脑，时而令人生气。有时候我一再提醒自己要尊敬长辈，别和长辈吵架，却常常适得其反，只能将无名之火发泄出来。

　　关于我一年级的记忆，是深刻在外婆家的一草一木、一砖一瓦里的，因为那时我们尚未拥有属于自己的"家"，又因为父母的工作，只能暂时寄居在外婆家，与您照面也是在寒暑假与平日的周末和小长假。正因为距离产生美，那时的您对我们是多么热情呀！您常常给我做好吃的，一见着我就握着我的手不放。现在您搬到了柳市，和我们同住。和一个爱唠叨的人住久了，耳边总有令人厌烦的嗡嗡声，我难免会头疼。

爷爷的事情发生后，您受到了前所未有的打击，搬到柳市之后像变了一个人似的，您变得爱唠叨，说话也刻薄起来，时常得理不饶人。唉，爷爷虽然去了，可是还有我们这些晚辈孝敬您呢。人死不能复生，时间是剂良药，而爱是药引，忘了伤痛吧，一切都会好起来。

您最喜欢用反问句来说话，比如每天早上，我自知都在跟时间打仗，恨不得把一分时间掰成两分来花，可您仍喋喋不休："几点钟了？不知道要迟到吗？学习怎么能这样不自觉？"每当您这些话传入我耳中，我就像一只泄气的皮球，那些"嗞嗞"漏出的气也只能朝您喷了。我也知道"金无足赤，人无完人"，我们每个人身上都有不足的地方，我在成长中也免不了叛逆，可您也得把您的操控欲改一改，做一个慈祥安静的老人多好！

您说您小时候吃得比较好，所以长得也高。我小时候在外婆家瘦得弱不禁风，到了您这里，您每天都会端一大盘夜宵送上来给我吃。我在您的"精心喂养"下，迅速膨胀成了一个小胖子。结果您却说是妈妈做的菜太油腻，才把我养胖的。奶奶，我知道您很疼爱孙子，上次我去台湾您也二话不说出了钱，可是您也不要因为我和弟弟的一点小事就说个没完没了啊。每当弟弟淘气有一点跌打摔伤，您就责怪起所有看护弟弟的人，难道您看弟弟时就没有让他摔过吗？我知道您很希望孙子是最棒的，也希望自己对孙子做的一切都是只有利而无害的。如果您能从多方面去判断事情的正误，或许我们的关系会融洽许多。

南宅出现了两位名人——南怀瑾和南存辉，可是出于种种原因，南宅并没有发展起来。您很希望我长大后能够带动南宅的发展，也能成为南氏一族的骄傲。但是年少轻狂的心总是桀骜不驯的。在未知的成长道路上，我还得迎接更多的磨炼。在此之前，请先让我喘一口青春少年该喘的气吧。也许此番话您未必看得懂，但我相信血浓于水，请您把爱放在正确的位置上，"大海从鱼跃，长空任鸟飞"，我一定能腾飞出不一样的精彩人生。

美的拼图

时间摇曳着，镜头转移到十年前一个秋日的下午。

我被一把产钳揪出了舒适的"宫殿"。也许我再迟几分钟出来，人生这场戏就演砸了。被硬拉出来的我很是"生气"，一声不吭，医生打了我一下，我还是固执地不作声。医生着急了，把我的屁股打得"啪啪"作响，我才发出了微弱的哭声，向这个世界声明——我来了！当医生把因为缺氧而吸了两个小时氧气的我放入妈妈怀中时，她露出了虚弱的笑容。虽然我对那时的事情一无所知，但是不难想象，那时初来乍到人世间的我大口吮吸着母亲的乳汁时，她脸上的笑容一定是无比美丽的。

　　妈妈担心我被产钳夹了脑袋，又缺氧，会影响智力，却没想到我竟然还有成为学霸的潜质。但是，我这个"准学霸"也常常遭到老妈的河东狮吼。

　　"做给你吃你就吃!"老妈一下子翻了脸，大吼道。

　　没办法，我只得撇下一句"随便你"后悻悻地回到房间。哎，都下午两点了，我还没吃午餐。因为早上我睡了懒觉，早餐吃得迟，奶奶也理所当然地认为我午餐不该吃那么早，导致现在还不做午餐。于是妈妈教完课后回来，还得给我做饭。我赌气说不吃了，妈妈像没听见似的，一边抱怨一边煮粉干。当一碗热气腾腾的粉干端上来的时候，妈妈大声催促我快吃。我从房间里出来还想嘴硬几句，可是眼睛和味蕾不约而同地被粉干吸引着，于是我干脆缴械投降，拿起筷子便吃了起来。

　　我边吃粉干边拿余光瞟着妈妈，她的头发有稍许凌乱，她那被太阳晒红了的脸余温未退，还挂着晶莹剔透的汗珠。此时我的记忆仿佛散落的拼图不断归位:妈妈总是

家里睡眠最少的那个人。每当夜深人静时,妈妈总会醒来,或是刷牙,或是洗澡,抑或是检查灯是否都关了,再看看加夜班的爸爸是否回来了……而弟弟在夜里哭起来时,妈妈就会马上从睡眠之乡中弹起来,睡眼蒙眬、不辞劳苦地抱着弟弟直至他再次入睡。在我睡着时,她已经做过不计其数相同的事情了。

这些画面将我蓄积已久的话推向妈妈那里:"妈妈,你做的粉干让人回味无穷,有妈妈的味道。"老妈听了这煽情的话,脸上还没来得及消化的怒气立刻烟消云散了。

我突然间明白妈妈其实是在不厌其烦地重复拼着这些琐碎的人生拼图,想让它们没有缺憾。我感觉,她是拼图里画龙点睛的那一块,也是最美丽的那一块。

我的"牛"友

　　我有一个不属牛但却非常"牛"的朋友。为什么这样说呢？且听我慢慢道来。

　　我的朋友鲍一诺长着一张清爽可人的中号脸蛋，右边脸蛋上有一个酒窝，那酒窝可不是自诩天生丽质的他土生土长的，而是小时候调皮捣蛋的结果——摔出来的！这件事就让没有酒窝的我很是羡慕，小时候我也摔过，怎么脸上就只摔了一个无法伪装成酒窝的小坑出来呢？大概就是因为鲍一诺是"牛人"吧。

　　鲍一诺的"牛"还体现在他哈哈大笑时，一张嘴会张得比牛还大；生气的时候，一双牛眼仿佛要射出激光来；而他得意扬扬时，双手会叉着腰，把头高高仰起，一副牛气冲天的样子。

鲍一诺学过主持，因而口才比我略胜一筹，这也是我封他"鲍老头"称号的原因之一。"老头"说明思想成熟嘛，这人思想一成熟就牛得不得了。记得有一次我们组队玩游戏，鲍一诺幸运地被分到我这一组，我们就组成了一个"牛"队，他高兴得手舞足蹈。对方却直呼不公平，说我们在一组他们必输无疑。鲍一诺举起右手拍打着空气反驳道："有问题吗？这就是命运！命运懂不懂？"说完还露出右边的那个标志性酒窝，一副哲学家的样子。结果果真如对方所料，我们赢了。

鲍一诺是肉食动物，基本不吃青菜，在我家蹭饭还专门跟我抢鸡翅吃。有一次冰箱里正好只剩七个鸡翅了，妈妈就说："你们一人三个，多的一个给我吃吧。"结果鲍一诺却说："多的那一个还是给我们两个人平分吧。"说完他真的去撕扯那个可怜的小鸡翅，还把小的那一半递给我，大的留给自己。我抗议道："不行！你那一半太大了，我的这么小，不公平，你要学会孔融让梨知道不？"我说着便去抢那一半鸡翅。"我是霸王龙，我已经在恐龙让梨了！"鲍一诺高声尖叫着，把那一半鸡翅高高扬起，然后以迅雷不及掩耳之势塞到嘴里。我眼睁睁看着他抢了我的鸡翅，没办法，谁让他是牛人呢？

当然这个牛人也有食素的时候。有一次他跟我回家，一进我的家门，看到桌子上有个火红的火龙果，他的眼睛立马瞪直了，嘴巴里的口水哗啦哗啦地打着转说："哇，火龙果！我的最爱！"说着就去扒拉火龙果，还自己去厨房找了把勺子，把一个硕大的火龙果都消灭掉了才满意地摸摸肚子。要知道，我这个胖子顶多也就吃半个火龙果呢，看来他的胃口也比我牛啊。"你也太没礼貌了吧？人家的东西你说吃就吃？"我故意为难他。他的脸一下子红了，用手摸了摸嘴角的汁水不好意思地说："呃……那我……明天给你带十块钱吧……"这是他唯一不牛的时候。第二天，这家伙还真是信守承诺，把钱带来了。这时他又恢复了他

那副自命不凡的样子。

这个牛人不仅神态牛、说话牛、胃口牛，连玩游戏也是一副牛样。每次坐到电脑前玩游戏他还会唱起英文歌，五音不全的我也跟着他学了不少英文歌。他唱歌还真是好听，他跟我妈妈说长大了要当明星呢。"好呀好呀，当了明星你可别忘了我。"妈妈随声附和道。鲍一诺还郑重其事地点了点头。

这就是我的"牛"友鲍一诺。时光荏苒，不知不觉我们已经相处四年多了。现在我们的学业越来越忙，他也很少到我家过夜了。也不知还能与这位"牛人"玩多久，但我会一直记得我们一起度过的那些散发青草香气的年少时光。

叶式幽默

　　"令公桃李满天下,何用堂前更种花。"我非常喜欢这句形容老师的诗句。如果让我选一位老师来写,我一定会选那位说话与我一样妙趣横生的叶老师。虽然他不教我们这个班已经有一段时间了,但我仍然忘不了叶老师那每一个细胞都散发出的幽默感。

　　一张倒梯形的脸嵌在高高的个子上,其中最突出的五官是他那张嘴,有一点大,半开半合的样子仿佛时刻准备着去啃鸡腿。然而当你递给他一个鸡翅,他吐出的妙语铁定是:"我的鸡腿呢?"这就是我为叶老师勾勒的漫画像。

　　四年级上学期的一天,平时像虾一般活蹦乱跳的同学们如一座座冰雕一动不动地坐在自己的位置上,等待上课铃响。这是哪根筋搭错了呢?据可靠消息说,我们班的科学老师换了,这位传说中的神秘人物要顶着"科学"的光环闪亮登场了。少数同学在交头接耳,我则在心里默默祈祷:这次一定要来一位幽默一些的老师,好让我们笑一笑,十年少,最好是那种"慈悲为怀"的老师,这样连我们的作业本都可以幸免于难。

　　伴随着上课铃声,一位容光焕发的先生大步走了进来。科学老师看起来并不年轻,少说也有四十五岁,看上去好像也挺严肃的。我有一点点失望,我思忖着与我们相差三十几年的代沟该如何填平。不过很快他的脸上出现了小孩子似的红晕,脸上的笑纹也变明显了。老师用洪亮的声音自我介绍说:"同学们,我姓叶,叶子的叶,叶问的叶,叶公好龙的叶……"他边说边比画着,仿佛随时会从空气中扯出一片叶子、一条龙似的。"叶公"介绍完自己,便开始上课了。叶老师的声音时而高亢,时而低沉,时而婉转,时而幽默。不知不觉,欢快的下课铃声穿过笑声朗朗的教室。我感觉这节课的时间过得特别快,也许是因为科学课太有趣了?我对这位叶老师真是"一见钟情"。

叶老师上的课真是太合我"胃口"了。有一次,他在课堂尾声说:"下一节课,全班都带熟鸡翅来,我们要做实验!"我心想:鸡翅可是我的最爱,但如果拿它们做实验,鸡翅们的悲惨结局一定是被丢进垃圾桶里。想着叶老师如此"糟蹋"我的心爱食物,我又悲痛万分了。但是师命难违,我回家便缠着妈妈给我炒了盘土豆炒鸡翅。课堂上我们拿出鸡翅,香味笼罩着整个教室,那口水在我的舌头团团打转。做完实验后,叶子老师双手一摊大声宣布说:"现在同学们可以吃鸡翅了。"全班都欢呼雀跃起来。能在课堂上吃鸡翅,这场面我生平还是第一次见。大家"嘎吱"吃鸡翅的样子真是蔚为壮观,我们的幸福就像鸡翅上的油一样都要冒泡了。我还依稀记得有人给了叶老师一只鸡翅,叶老师笑着接受了。他故意把嘴巴张大,使劲咬了起来,那响亮的咀嚼声混合着大家的笑声,整个教室洋溢着一种欢快的气氛。

更好笑的在后头呢。

有一次，叶老师在讲台前一本正经地说："高俊，你过来一下。"没有人回答。有人反应过来："是高俊翔吧?"叶老师一脸无辜的表情，紧接着恍然大悟似的说："哦，是高俊翔啊，那你以后就叫高俊吧，又高又俊多好啊。"大家都哈哈大笑起来。叶老师又在一节课上说："叶书语怎么这么会讲话？应该和她的名字有关吧？书语的意思就是看书时嘴巴就说起话来了。所以叶书语还是改名叫'叶无语'吧。"叶老师一边合上科学书一边无语地看着叶书语，那故作慈祥的样子让我们无语了一阵后窃笑起来。叶老师的口才果真已经修炼到炉火纯青的地步了。

叶老师做实验的时候时常用他的一双大手把仪器举得高高的，用响亮的声音告诉我们应该如何使用这些仪器，应该注意什么。实验仪器有时是一个烧杯，有时是一盏酒精灯，有时是一个小灯泡……我看到他的大手托举着这些仪器，仪器在他手中时而静止，时而旋转，叶老师则是变出这些仪器的神奇魔术师。

别看叶老师平时对我们嬉皮笑脸的,他的作业可是很多——让我们又写又背的。很多同学不管那一套,可是一到科学考试都傻眼了——叶老师像换了一个人似的,绝不允许有人大呼小叫或是用余光打量他人的卷子。此时,叶老师惯常温和的神色突然笼罩上了一层严肃的光晕,平日里柔和的目光突然犀利起来……

现如今,我每每想起他的叶式幽默——他的眉毛一挑,嘴巴一张,机关枪似的将他的如珠妙语扫射而出,我就想像召唤神龙那样把幽默的"叶公"召唤出来。

回家难

李白大诗人写过《行路难》，我家有位女诗人一孕傻三年都不止，让人又气又笑。这不，因为她的失误我的回家之路都变得比上蜀道还难。

我从课外学习班出来，艳阳高照，据说今天还有一场台风袭击，但我竟然提早碰上了一场"台风"，而且路线极其不明确。

我走到公交站牌边，打了个电话问我那对工作可以不眠不休、送我回一趟家却是推三阻四的老爸，让他查一下公交车到哪了。老爸半天没回复我，最后告诉我那辆车线路查不到了。

什么？这路公交车不开了？我心里"咯噔"一下像是卡进了一块石头，唉，只能打电话给老妈了。老妈倒是火急火燎地说："那我只能叫辆'滴滴'把你送到车站，你再坐公交车了。"我叮嘱她："记得终点是乐清客货运中心……"但我还没说完，电话就挂了，哎，她应该听清了吧。

等到"滴滴"司机把我放到那熟悉的老车站时，我傻眼了，心里的火被火辣辣的阳光一直射就冒了出来。我立刻给妈妈打电话："你怎么把终点弄成老车站了？106路公交车已经换到新车站了！"

她愣了一下叫道："啊？106路也换了？晕倒，你怎么没和我说啊？"我差点跳起来："你说帮我叫'滴滴'的时候，我都提醒你是乐清客货运中心，那个才是新车站！结果我还没说完你就把电话挂了！"妈妈叹了一口气说："唉，那怎么办，难道还要再叫一辆车到新车站？那我钱不就白花了？算了，我帮你叫一辆车直接回家，拼车便宜一点，就拼车吧。"

上了车,我的肚子早已经饿得学青蛙叫了。师傅接了另一个人后立刻往柳市开去,我本以为这次肯定能一路顺风地到家了。可我根本没想到,这场"回家台风"的路线又转了一个方向……

路过柳市客货运中心的时候,我家是往里拐弯的,但师傅直接往前开了。我以为师傅应该是先送另一个人再送我回家的,所以继续发呆。等师傅喊我下车时,我又懵了,说道:"不是这里啊!""可你妈妈定位定的就是这里,你打个电话问一下吧。"我赶紧打电话给妈妈:"你是不是定位错了?"妈妈立刻说道:"没有啊,我定位的就是我们楼下那个阿东汽修啊!"我往车外一看,一排大字赫然在目——阿东汽车美容中心。

"这里是给汽车美容的地方,不是我们楼下的阿东汽修,"我生气地说道,"你肯定定位错了。"她小心翼翼地问:"那能不能修改行程路线?"师傅说:"拼车的话是不能改路线的。"

我立刻像霜打的茄子一样蔫。妈妈只好说:"唉,你坐三轮车过来吧，刚才没看清楚就点下单了。"我下了"滴滴"，拦住一辆三轮车，花了十块钱终于回到了家。

一打开门，我正要发火，妈妈的笑脸迎了过来，她的身后摆着一桌好菜，我的怒气仿佛被美味吸走了一大半，可我仍然忍不住抱怨老妈几句："哎呀，回家花了五十多块钱的路费，你要是第一次目的地没弄错，我不就可以从客货运中心坐公交车回家了吗？用公交卡只要花一块钱！"

妈妈满脸赔笑地看着我，说道："算了，坐都坐了。这次的路程太曲折了，都可以写一篇作文了，花五十块买一篇好作文不亏啊！"不愧是诗人，这时候还能对我诗兴大发，好吧，我也就附庸她的风雅把这篇作文交了吧。

唉，真拿他没办法

"不要，不要！"一声尖锐的童音拖长了尾音在空气中荡来荡去。"唉，真拿他没办法。"妈妈手里端着热腾腾的粥，摇摇头。这句话就像幕布一样拉开了一天的生活。

妈妈像老鹰抓小鸡一般抓住手舞足蹈的弟弟，厉声命令道："吃饭，不吃妈妈生气了！""不要吃，吃过了，吃过了，明天再吃！"弟弟挥舞着小手想要挣脱妈妈的手，别看他瘦瘦小小的样子，力气倒挺大，他挣扎了一番，果真甩开了妈妈的手，一溜烟逃到房间去了，还把门锁上了。"自从去年被关门里一次后他就学会了开门，现在是他能出来，我们进不去了。"老妈无奈地摊摊手说。

"宝宝,快开门!"妈妈叫了一会,里面安静了一会,门把锁转动了,可是并没有打开,我想弟弟一定把门又锁了一圈了。果真门里面又传出一声童声:"不要!""你帮妈妈哄一下弟弟,弟弟听你的话。"说着妈妈去敲门:"宝宝,快开门,哥哥要进来。哥哥手机拿走啦。"一听到手机这家伙就把门快速打开了,还大声嚷嚷道:"手机是我的,不是你的!"妈妈趁机进来喂饭。可他又把嘴巴紧紧闭上了。奶奶苦着一张脸加入了劝饭行列:"宝宝乖,快点吃,你看哥哥吃这么多,才长这么高。"奶奶边说边比画着。老弟看看我,又看看奶奶,一脸委屈地说:"要多多(哥哥)喂。"唉,看来还得我这员大将亲自出马啊。结果呢,我才喂几口,他就哭喊道:"要爸爸喂!"老爸此时正坐马桶上呢。我们异口同声地对爸爸喊道:"快点,要你喂!"

老弟不仅吃饭让一家人头疼,在玩上也是花样百出。妈妈总是让我少玩手机多学习,好给弟弟做个榜样,可是这家伙好的不学,坏的翻倍学过来。每当我坐电脑前或是拿着手机,他就过来抢,有时候我只能看会动画片,他看到了又嚷嚷开了:"不是哥哥的电视,是宝宝的电视!"结果家里的电视、电脑、手机全部是他一个人霸占着。现在他的手机游戏已经玩到炉火纯青了,还无师自通地下载了一个游戏。他就这样常常把妈妈手机玩到没电,我阅读打卡或用手机做英语作业也不得不偷偷拿走手机,然后躲到房间里边充电边完成了。有时候他想起手机,就让自己的"高音喇叭"嚷嚷开了:"我要手机,我要手机!"如果手机没有立马拿到他面前,他就一把鼻涕一把眼泪地"逼"我们把手机给他。

就这样还算乖的,哪天他要是不打扰我写作业,那可是他善心大发了。有一次我在书桌前写作业,他就跑过来要抢我的椅子,把我从椅子上赶下来,自己霸占了椅子不说,还把我的书扔了一地。妈妈想把他抱走,他就死死地抓住椅子扶手,一边哭一边喊:"要多多抱!"妈妈只好把这张椅子推出房间,从别处推进来一把椅子给我,没想到我一坐上那把椅子,老弟又像被磁石吸引住了一般,跑过来和我抢这把新椅子。我和妈妈都一脸无奈,哭笑不得。老弟是强盗还是超级模仿家呢?

让我们哭的还在后头呢。这不,他又哭丧着脸过来了:"妈妈,我要好吃的。""好吃的都在这里呀。"妈妈指着一茶几的零食说。"不要,不要,我要好吃的。"老弟带着哭腔说,仿佛那些好吃的都隐身了一般。"那你要什么好吃的呀?"妈妈问道。"就是好吃的。"老弟的哭腔更明显了,眼泪眼看就要下来了。"我知道了,是冰激凌!"我恍然大悟道,其实我心里也想吃。妈妈瞪我一眼。弟弟"哇"的一声就哭开了:"要冰激凌,我要冰激凌!"然后震耳欲聋的大哭大喊开场了。妈妈费力地抱起弟弟,弟弟像跳劲舞一样在妈妈怀里使劲扭动着,"高音喇叭"一浪高过一浪。最后的收场只能是他一边用小舌头舔着冰激凌,一边问我:"多多,好吃吗?"吃完他高兴地捧起妈妈的脸,一脸深情地撒娇道:"妈妈的宝贝。"妈妈干哭两声,他又一脸天真地说:"妈妈,别哭了,妈妈乖,笑一个。"

　　我们全家都只能无奈地笑了。这个小小的淘气包,也是我们一年又一年不断成长着的开心果,纵使我们所有人都拿他没办法。

话说统考

这次统考，大概是我们在小学生涯里第一次最正规的考试。不仅是校外老师来监考，还是电脑阅卷！我听说统考都很难，去年语文统考平均分竟然只有67分，这该有多少同学扑腾在及格线下啊！

这次统考家长和老师都仿佛如临大敌，尤其是老妈整天捧着手机投公司十大品牌的票，还要担心我的考试，果真是"慈母手中线，游子身上衣"呀。没办法，为了不辜负老妈的慈母情，我就勉为其难发奋图强一回吧（貌似我在为老妈读书似的，此处汗颜一下）。老师发了一张又一张试卷,简直要把我们做成苦大仇深的小冤家了。

每次考试,我都会准备两块巧克力来提提神,可是这次我在语文考试前忘记吃了,脑袋就有点晕。幸好我有所准备,还是"胸有成竹"地把试考完了。

要是我没复习,这次考试进展得肯定不顺利。我在家复习时,那个只会吃喝玩乐的弟弟就一定会打扰我,他经常把我的复习提纲抢过去,这儿踩一下,那儿撕一点,我可怜的复习资料千疮百孔,题目几乎就让人看不清了。

考完语文后,我拿起一块巧克力准备吃了好提神,突然有一大群人跑过来围剿我那块可怜的巧克力。我傻愣了几秒,手中的巧克力顿时只剩下一小块了,我只好把残存的那点可怜的巧克力含泪往嘴里塞。

两门考试之间的休息时间不长,我为了保险起见,拿出科学资料,看了又看。这次科学考试的题目有些刁钻,有些难题可能会难倒一大批同学。听说事后有人大倒苦水,我大概已练就百毒不侵的功夫,对难于上青天的事往往闭口不谈。万一结果出来我考得不错呢,到时会被人贴上"虚伪"的标签。谁叫老妈考试前一天还一手抱着弟弟、一手拿着资料念念有词这么不辞劳苦呢,我好歹也要争口气。

下午的英语和数学考试,题量不大,但都是难题,这些题出得十分巧妙,稍有不慎就会落入出题者的陷阱。比如选择题就容易看走眼,需要我们像个侦探似的一查再查。我"含情脉脉"地将那些题目看了一遍又一遍,没发现什么不完美之处,才"恋恋不舍"地交了卷子。

这次统考果真如传说中的那般难,但我最后还是要说:天下无难事,只怕有心人。虽然我吊儿郎当惯了,但毕竟已经四年级了。岁月经不起折腾,但将来的青春总是美好的、值得向往的。我要对自己说:南皓仁,你的青春只有你自己能做主,为了有无悔的青春,加油吧,少年!

十岁淡溪行

虽是上午八九点的太阳,但其招呼我们的热情却是旺盛得白云包都包不住。我们在绿意盎然的白鹭书院里排起了长龙,龙头龙尾都进了大巴,浩浩荡荡地来到了淡溪。我们第一站便是"石南龙小学"。

说是小学,其实是很久以前留下的两栋矮房,现已荒废,以前当地人在这上学。不可思议的是,这么久过去了,两栋久经风霜的矮房竟没被拆除,反倒被杨老师整理了一番。哦,对了,杨老师是我们今天的向导。因为房子里没灯,我们的第一堂"课"就在外面开讲。

几杯茶端上来,被前面的同学抢了先,后面有几人立刻说自己不爱喝茶,茶太苦了。杨老师笑着说这茶不苦,香而且提神。茶刚入口,我便感觉炎炎夏日里有一股凉意袭来。茶杯不大,两三口茶便全下了肚。杨老师打开一盒牛奶,让牛奶跑进茶壶里,又拿出一块焦糖丢进了茶壶里,炮制出了一杯奶茶。大家像茶水一样沸腾起来,争先恐后地伸出杯子要接奶茶。每个人都接到一杯奶茶,有个人的焦糖没化,又引起一堆人羡慕嫉妒恨的叫喊。

　　茶喝完了,我注意到几瓶标有RIO的绿色瓶子摆在桌角。我看这几个字母有似曾相识的感觉。果然,杨老师笑眯眯地说:"现在,咱们来喝点鸡尾酒吧。"听说要喝酒,大家又炸开了锅。我喝了一小口,嗯,不错,有点像汽水。每个人倒得都很少,再喝一小口便没了。可桌上还有几瓶鸡尾酒躺在阳光下呆呆地望着我们。杨老师拿起一瓶鸡尾酒,又变戏法似的掏出一瓶紫红色的液体,解释说这个是生榨杨梅汁。它和一大瓶鸡尾酒及一些可乐一起进入了一个大杯子,变成了粉色。若是平常在家,我肯定不会喝这种古怪的饮料。我端起杯子，一饮而尽，一股豪迈的感觉从胃里油然而生，直蹿脑门。炎炎夏日里，我竟感到神清气爽。

我一直以为稻子是在秋天里成熟的，可是这里相亲相爱挨着的一片片稻子也是金黄金黄的，大概是被太阳晒黄的。想着想着，我发现前面的路越来越窄，杂草也越来越多。走在前面的同学抱怨声此起彼伏，像水稻一样连绵不绝。我却被那些水稻迷住了。它们长得有半人高，成群结队地随风摇摆，城墙一般守护着丰收的希望。近处的空地上，有几只鸡像小孩子一样蹦蹦跳跳，还有两只鸡在岸边，可劲地用翅膀拍打水面，水花飞溅。我光顾着看，差点儿一脚踩空，变成一只落汤鸡。

不知不觉午餐时间到了，我们原路返回，坐上大巴车的瞬间，啊，感受到了救人于水火的空调！早上的旅程都已经让我大汗淋漓了，不知道下午还有什么挑战等着我们呢？我的肚子唱起了空城计，脑细胞也懒得思考了。大巴在一个斜坡前停下了，众人下车，一股热浪袭来。我晕乎乎地迈着千斤重的脚走上斜坡，来到一栋两层高的木屋里。

一打开木门，几张桌子映入眼帘，这大概是个餐厅，但我并没有看见价目表。我和几个人脱了鞋，踩着木楼梯上了二楼。二楼也不大，楼梯旁有一张麻将桌，还有一个浴室和几间卧室。这大概是一个"年迈"的旅店。东君老师喊我们去吃饭，我的肚子激动地应了几声，抢先命令大脑让身体马上下楼。

吃过奇特的杨梅汤圆、喷香的荞麦面以及各式各样的杨梅制品，一行人聚到门口。太阳干的仍是老本行，和之前一样热情。杨老师清了清嗓子，大声说："大家想去原始森林探险吗？"大家异口同声地说："当然想！"杨老师带着几十只"小白鹭"上了山。

上山的过程很艰难，我们在烈日下爬了几百级台阶，还要小心翼翼地穿过暗藏尖刺的草丛。"啊！"我回头一看，看见死党鲍老头扭曲的脸，原来他被尖刺割破了腿，一道鲜红的血液，在他腿上张牙舞爪……

我们一行陆陆续续地来到一条小溪边。杨老师叫我们踩着石头竖着穿过小溪。石头大小不一,溪水"哗哗"地奔腾着,四周要么是草,要么是树,要么就是些奇形怪状的石壁。随着我们这几十条"船"的漂流,溪流越来越急,水也越来越深。一些人索性一拉裤子,便往水里跳,试图从水里走过去。我见能踩的石头已经寥寥无几了,也加入这些"野鸭"的队伍,却跌在一个坑里成了"落汤鸭"。

鲍老头摔得更惨,他全身上下都湿透了,黄色的衣服被灰尘染成了灰色,坐在地上就像个叫花子。在老师的帮助下,大家伤痕累累地走到了终点。在标志胜利的终点,我们照了一生中最有成就感的一次合影,相机将我们傻笑着灰头土脸的样子定格在夏日的夕阳里。最后我们顺着溪流原路返回。一路上鲍老头不停地抱怨他已经摔了八九次了。

我一边安慰着我的死党鲍老头,一边回想起那个温暖的上午,笑着走进书院教室的老师说:"今天算是我们本学期最后一堂写作课,也不完全是,因为我们还有一次淡溪之行,相信你们会终生难忘。"我想,老师的预言灵验了。

"利奇马"来了

"嘭!"一声怪响从卧室里穿透墙壁直奔我的耳朵,随之而来的是妈妈的尖叫:"快关上窗户!"我扔下电脑跑进卧室,眼前的景象让我目瞪口呆:房间里还开着空调,一扇窗户却大开着,窗帘伴随着呼啸而进的大风跳起了劲舞。我赶紧跑去关窗,狂风很是不满,在窗外咆哮着。

没想到台风是如此强势,径直就把没锁上的窗户拉开了!我摸了摸被风吹得直哆嗦的手,心有余悸地想道。刚才有雨落了进来,我拿纸擦了擦飘窗上的水,结果又有一小滴水落在手旁。我抬头一看,发现窗户的最上面有一滴淘气的大水珠摇摇欲坠。我再次擦掉水珠,结果惊讶地发现水珠锲而不舍地又出现了!我意识到窗户漏水了。妈妈便找来一个脸盆来接水。

窗外的"轰隆"声吵醒了睡梦中的老弟,不谙世事的老弟问:"咦,什么声音啊?是打雷了吗?"过了一会,飘窗上又有了一滩水。这时我发现另一边锁得好好的窗户也开始造反了,妈妈不得不再拿一个脸盆来阻挡这场大雨的"攻势"。

我们待在家里听了一天这大自然的怒吼声,一转眼就到了晚上。雨越下越起劲,许多水都从脸盆里溅了出来。出于无奈,妈妈只得把大小不一的盆盆罐罐都拿来接水,就连给老弟洗澡时玩的小桶都没能幸免。这些"防御工事"看起来可笑极了,仿佛是老弟拿来玩过家家的。没办法,"屋漏偏逢连夜雨",真是倒霉到家了!我突然想起了还在加夜班的爸爸,妈妈说每个台风天爸爸几乎都在加班。我想,台风不会因为人们有难事而变温柔,而人们也不会因为台风的肆虐而停下匆匆的脚步。

第二天一早,我醒来时,爸爸已经上班去了。雨还在无止境地进攻,风也在一阵又一阵吼叫着"助威"。妈妈拿着手机,突然惊呼起来。她把手机拿给我看,屏幕上正在播放一个短视频,我看到一个小区都被淹了!那水把汽车都淹住了,只能看见车顶最高的部分。有些地方的水至少有半层楼高,树都泡在水里,再加上被风吹得摇摇晃晃,就好像在水里挣扎似的。还有另一个视频,我又看到一辆高速公路上的卡车在暴风雨中直打滑,结果直接被一只无形之手推翻!这些惊心动魄的场面不是电影大片,而是活生生的现实。这次的台风使一些人的生命变成了冰冷的数字。每一次天灾都像一只野兽张开血盆大口吞噬着人们脆弱的生命。

台风登陆过后次日,这个世界风平浪静了。失踪几日的太阳终于露出了笑脸,将金色的阳光洒向大地。似乎什么也没有发生过,台风好像只是一个梦。可我知道此时,一些人已经看不到这炽热的阳光了。

台风改变了我们每个人的生活,比如,如果没有这次

台风，我就不用写这篇作文了。调侃一下，生活还要继续，学习也在继续。我们都在努力迎接每一个未知的明天。

我最爱的那只"猫"

我喜欢上了一只橙色的猫,其实这只猫是家里电脑桌面上的一个软件图标,只要我用鼠标双击它就可以打开一个编程软件——scratch。

这只"猫"可不一般。我一开始接触编程时,就感觉它是个神奇的东西,甚至让我有些害怕。因为全是些我没见过且看不懂的术语,如向上取整、发送广播、x 轴 y 轴等,我一开始连最基本的都做不到。还好,老师讲解得还算详细,慢慢地我可以使用最基础的指令完成一些"让人物动"之类简单的操作了。这种编程的操作很方便,只需要将一块块指令积木拼接在一起,拼成"高楼大厦",它就会井然有序地执行命令。

最初老师只要求我们做一些简单的动作。我觉得用编程来制作一款游戏肯定不费吹灰之力!于是我便着手制作了我的第一款游戏——飞机大战。说得简单做起来难,把飞机的外形画好之后,我就不知道要干什么了,先做代码呢,还是先把角色加好呢?我在电脑前敲了一个小时,最后连武器都没做出来。唉,看来任何技术对初学者来讲都不简单啊。

我在少年宫学了两年编程。在这两年中,当我遇到困难时也会感到烦躁,但当我做出了完整的作品时,我很兴奋,很有成就感。后来,在老师、爸爸、妈妈的鼓励下,在我自己的坚持下,我的编程制作能力终于提升了。老师说我已经可以开始学习下一阶段的编程——App的制作。

我对自己编的程序非常满意,妈妈对我说道:"我帮你报名了一个编程比赛,你在少年宫学了挺久了,可以参加一下。"我信心满满地说:"肯定得个奖回来!"

到了比赛那一天，爸爸开车带我到了温州大学，编程比赛在那里举行。那里人山人海，我一颗心也一直悬着。比赛开始，我们坐在机房里，打开scratch，将一块块代码积木拼接在一起。键盘的敲击声像音乐一般从耳边流过，鼠标的点击声打着节拍，三个小时白驹过隙般流走了。我的成品是一个《井底之蛙》的动画故事，我看了几遍，胸有成竹地保存了作品。

然而，理想是丰满的，现实却是骨感的。比赛结果出来了，没有我想象的那么美好，我居然连个三等奖都没得！我抓破脑袋也没想出来为什么，爸爸恍然大悟："肯定是你的作品没有互动性，只是讲了一个故事而已！井底之蛙的故事谁都知道，你得把故事和游戏结合起来才是一个好作品。"我听了这话，立刻变成了霜打的茄子。唉！我本来很擅长制作游戏的，这次却没发挥出水准。

接下来我将制作的每个程序都加入了游戏元素，日复一日，终于能够轻松地在代码的海洋中畅游了。有一次校科技节比赛，我还拿到了一等奖，被推荐到市里比赛，高手

如云的赛场让我有那么一点儿压力，但我也努力让自己的手指在鼠标和键盘上飞舞起来。看着自己制作的动画栩栩如生，我想，纵使没有获奖，这样的体验也让我心满意足了。结果令我激动的是，我竟然拿到了一个三等奖。虽然只是三等奖，但这个奖犹如一道光，照亮了我心底的那个编程梦。清华姚班，我的脑袋里跳出了这四个金光闪闪的字。从现在开始，我要努力，一点一点将梦想装进现实的口袋。

精益求精，艺无止境。让我们用学习的一串串"代码"使人生井然有序地运转吧！

一波三折的寒假

　　放寒假了！寒假像一片雪花似的飞来,这片雪花中包含了许多乐趣:过年、美食、旅游……唯有将它化成文字记录下来,才能让它融入我的心田,永远铭刻于记忆这片沃土之上。

　　放寒假就意味着即将过年,我早就准备好了和家人一起过大年、吃年夜饭。把寒假和过年放在一起真是绝配!美中不足的是,一年一般只回老家一次的表哥表姐竟然破天荒地不回来过年。我听到这个重大消息后,立刻感觉过年的乐趣减了不少。

　　过了几天,妈妈又对我说,奶奶想去邯郸过年。邯郸不就是姑姑那儿吗?妈妈问我想不想一起去。我想了想,去那儿虽然能和表哥表姐玩,但是又要和妈妈分离了,三思之后,我断然拒绝。

　　于是接下来那几天奶奶苦口婆心地劝我去邯郸,都被我拒绝。突然有一天,姑姑亲自打电话对我说:"来吧,哥哥姐姐都很希望你能来跟我们一起过年。我们这里有个很大的游乐场,你表哥去了还想去,你来的话就一起过去玩。我们还能去北京看文化古迹呢!"

　　我原本就有一点想去,听姑姑这么一说,立刻怦然心动了。

　　登机的前几天,我突然想到,班级组织的去动物园的活动好像和去邯郸的时间冲突了。我顿时急得像热锅上的蚂蚁一样。可机票都已订好了,没办法,木已成舟,我只能接受铁一般的事实。

　　到了登机那天,我的心里既激动,又紧张,还有一点不舍。经过两个小时的飞行,终于到了邯郸,吃了丰盛的"接风餐",想着能去游乐场和北京玩,我很早就进入了梦乡。

至于在游乐场的欢乐时光,我就不和你们讲了。在去游乐场后,我发现皮肤突然变得很粗糙,上面还长了一点小痘痘。我问了问表哥,他说是不适应这里的环境,因为老家空气比这里好。姑姑则说是这几天零食吃多了,上火造成的。听了他们的解释,我也不以为然了。

第二天起床,我觉得脸上很痒,好像有虫子咬我。我摸了摸,有种不祥的预感,到镜子前一看,真是不看不知道,一看吓一跳:脸上长了好多身上的那种小痘痘!再拉起衣服一看,太可怕了,怎么回事?姑姑还是认为是上火引起的,不过这次她让姑父带我去医院看看。

经过漫长的等待,医院的结果出来了,我屏息凝神,听到三个字:"是水痘。"我瞪大了眼睛,有种还在梦里的感觉。

上学期班里水痘暴发,我还为自己没得水痘而庆幸呢,没想到这个调皮鬼却在寒假找上了我。我真是后悔没及时打预防针了,北京之旅要泡汤了,我都要哭了。

一波三折的寒假

　　现在只能安静地躺在床上养病了,我要管住自己的嘴,不能吃零食了,去北京的车票也已经退了。水痘一得就得养十天,听姑姑说中途还会经常发烧。令我惊喜的是,我连烧都没发,只在家闷了一星期水痘就结痂痊愈了,我又可以出去散心了。

　　这个寒假真是过得一波三折,仿佛扔了一块石头在人生的汪洋里,水花四溅,每一片水花里都承载着这个特殊的新年,令我终生难忘。

放飞梦想的翅膀

"大鹏一日同风起，扶摇直上九万里。"我很喜欢大诗人李白的这句诗，我很想向才高八斗的诗仙学习，怀揣着文学梦，成为文学精彩世界的一分子，这就是我的梦想。

梦想的种子已深深根植于我稚嫩的心灵。是什么时候开始做起这个文学梦的？

记得那是一年级下学期的时候，我们的语文老师每天都会布置一篇小作文，说是让我们多写多练，熟能生巧，以后自然能够写出好文章。刚开始我觉得这简直是一种酷刑，我们才学会写多少字啊？但是师命难违，我竟然坚持下来了。有一日，倪老师笑眯眯地端着一叠作文本进来，当堂宣读了我的一篇习作。他夸奖我有写作的天分，鼓励我坚持写下去。那时懵懂的我不知道自己还能做一做这个文学梦，只觉得老师每次当着全班同学的面念我的作文的时候，一种幸福感在我小小的心里蔓延。

我是三年级师从白鹭书院的东君和晓哲等老师的，在我眼中他们都是著作等身的大作家。"你的文风很成熟，确实有天分。"他们这样说，我很受鼓舞。老师们还颁了一个白鹭文学奖给我，奖品是东君老师自己写的小说集《子虚先生在乌有乡》，扉页还有他的题字——白鹭文学奖获得者，南皓仁同学惠存。我如获至宝。四年级时老师们便建议我跟六年级和初一的孩子一起学，这更鼓舞了我的斗志，老师还常常把我写的作文发在白鹭书院的公众号上。我在白鹭书院学了两年作文，可惜因为学业繁忙中断了，再后来，白鹭书院不再对外招收学生了，但那弥足珍贵的两年学作文的生涯，让我长出了梦想的翅膀。就像歌里唱的："我有一双隐形的翅膀，带我飞，给我希望……"

我无论如何都忘不了那一天,妈妈笑脸盈盈地跟我说:"你的那篇《与众不同的新年》在国家级学生刊物《课堂内外》上发表了。"我激动得眼泪都要出来了。后来,我的作文发表与获奖的消息渐渐多了起来,荣誉证书雪片一样向我飞来,这些"勋章"都是为我努力打造文学殿堂而添的砖加的瓦。每一次师长们对我的鼓励,都为我的信心注入了活力,让我梦想的羽翼日渐丰满。

　　我期待着,期待着有一天,我能自由自在地在文学这片蓝天中展翅翱翔。

悠悠端午情

和煦的阳光洒在我们脸庞上。我的脖子上挂着一个五彩缤纷的网袋,网袋里装着一个还有些温热的鸡蛋。将鸡蛋握在手心,就仿佛握住了祝福那般激动。这就是端午节给我最初的印象。

"粽子怎么还不熟啊?"每年端午节外婆都会包粽子,记得有一次我在高压锅"滋滋"作响时就探头探脑问外婆这个问题。"快了,快了。"外婆推了推老花眼镜,笑眯眯地说。然后一锅粽子在期待中开了锅,顿时粽香四溢。我总是迫不及待地拿起一个粽子,滚烫的粽子烫得我龇牙咧嘴。"小心烫!"妈妈在背后大叫一声,及时将我手中的粽子抢了过去。她变戏法似的快速剥开粽子,露出淡棕色的糯米。"我要吃有肉的!"我这个肉食动物嚷嚷道,然后一口咬下去。唇齿间裹着粽子的鲜香甜美,幸福在心中弥漫开来。除了粽子,还有一大桌美食等着我的味蕾呢。一家人围坐在一起,其乐融融地吃着美味。红烧排骨、可乐鸡翅、炸虾,这些百吃不厌的美食也为这个节日增添了乐趣。每次端午节,我都吃得肚子圆鼓鼓的。我摸着肚子打着饱嗝说:"中秋节是不是也可以吃粽子、编网袋啊?"这话惹得长辈哈哈大笑。

儿时不知道端午这个节日代表着什么,只知道端午节有粽子吃,有网蛋玩。后来长大了,看了很多书,听了很多故事,才终于明白了老师为什么让我们背屈原的《离骚》。"惟草木之零落兮,恐美人之迟暮。"多愁善感的屈原,才华横溢的屈原,对祖国情深意切的屈原,为了国家而葬身汨罗江的屈原,原来粽子上寄托了后人对你的缅怀与爱戴呀!也正是背了屈原的《离骚》,我才真正喜欢上了端午这个节日。

　　我还喜欢看划龙舟的盛况。龙舟两端高高扬起,似巨龙在河中翻腾。叔叔伯伯们坐成两排,等待战鼓擂响,个个气宇轩昂。龙舟比赛开始了,他们喊着口号,几十双桨齐齐在水中划动,水花溅湿了叔叔伯伯们坚毅的脸庞。龙舟箭一般冲向终点。站在岸上的我看呆了。后来划龙舟越来越少看到了,但那精彩的画面一直刻在我的脑海里,就像粽子的香气久久不散。

　　久久不肯散去的还有我与弟弟碰鸡蛋的声音,还有长辈们给我们祝福的声音。那些声音围绕着我的童年,滋养我的身心,成为这个我最爱的节日里最美的和声。

时间都去哪儿了

"流光容易把人抛,红了樱桃,绿了芭蕉。"我不知道时间的烙印都刻在了哪儿,我只知道每天的作业风一般吹来,又将时间风一般带走。留下的就是妈妈那句感慨:"时间过得太快了,你看,都这么晚了,又该睡觉了,你的作业……"

我有时候会不耐烦地捂上耳朵,有时候对妈妈的唠叨置若罔闻,继续钟情于手机。直到那一天,姑姑让我和奶奶去邯郸过年,我突然明白了亲情在时间的赛道上究竟意味着什么。

　　那天，因为妈妈要带弟弟，是爸爸送我和奶奶去的机场。

　　"去姑姑家要乖，别像在家里那么挑食。作业记得要写，听写和作文及时传过来给我。一个月很快的，不要浪费时间哦。"母亲一边絮叨着，一边为我收拾行李。去姑姑家过年，这就意味我要离开父母整整一个月。以前除了上学，我就基本没离开过父母的视线，连上厕所要花多少时间都在父母的"监控"之中。尤其是急性子妈妈，她时常催促我在时间的赛道上跑得快些，再快些。我都跑累了，她却只会说："妈妈知道你累，但是……"永远会有一个"但是"在等着我，搅动我的心思，让我心情烦闷。"知道了，妈，你太啰唆了。我都要出远门，临行你不密密缝，就知道碎碎念。"我半开玩笑半顶嘴似的回应她。

　　"是啊，妈妈老了变得爱唠叨了。等你回来你就又大了一岁了，就更懂事了。"妈妈笑了笑，我发现今天妈妈没有戴眼镜，神情疲惫，那笑嵌进细细的笑纹里，顿时有了沧桑感。这几年，妈妈带弟弟很辛苦，每天夜里都有好几次被弟弟吵醒,睡眠严重不足,真的老了很多。"他这么大了,会懂事的。"爸爸的声音在我耳后响起,我又回头看爸爸。经常加夜班的爸爸身材不似我读幼儿园时那般挺拔,曾经完美帅气的双眼皮也有些凹陷下垂。也许是真的体会到了这短暂分离的滋味,我的眼角突然酸酸的。原来父母也会老去,以前我怎么没发现?想归想,去邯郸过年可以畅玩大型游乐场的期待还是让我心雀跃。

我在姑姑家玩得忘乎所以,差点把作文的提交时间都忘记了。当妈妈的电话催来,我才知道,我这个文学爱好者已经将文字抛诸脑后了。等我匆匆写完草稿,电话那边的妈妈还不满意,让我反复修改。我急了,对着电话吼道:"还有时间,急什么?明天再交也来得及!"妈妈说什么我听不清了,只剩电话中弟弟的大哭声海浪似的一波一波朝我耳朵涌来。

我想起妈妈送我到电梯口的那个午后,弟弟在她身上扭动着,她的头发凌乱,眼神带着困意。连续加夜班的爸爸特意从公司请假半天,送我和奶奶去机场。有多少个这

样平凡的日夜我也是如此这般在父母怀里扭动着？然后我一天天长大，而父母却一天比一天老去。就像那首歌中唱的："时间都去哪儿了，还没好好感受年轻就老了，生儿养女一辈子，满脑子都是孩子哭了笑了……"

想明白后，我坐在书桌前奋笔疾书，满脑子都是父母的身影。我能做的，就是用文字留住这一刻，这平凡的一刻因回忆而饱满。就让美好的回忆定格在这里，让时光不再把人抛。因为，文字有与时间抗衡的永恒力量。

我最敬佩的人

今晚,夜未央。

我的专属作文时间飞快而至。职业偷懒症又犯了,妈妈见我吊儿郎当的模样,头发都要竖起来了:"星期天了!你再拖泥带水,作文都写不完啦!"

我又问东问西的,想从妈妈嘴里套出一点料来,却不承想妈妈拿起被弟弟扔在地上的扫把装模作样地扫起地来。我无奈地摊摊手问:"如果写不好怎么办?"妈妈头也不抬甩下一句:"写不好重写!"我眉头一挑,激将道:"那行,写不好当然得重新写,大不了星期五交扣个五十分。"

妈妈却笑着说:"别扣光了,给我留着点呀。"敢情这是在分西瓜啊?好吧,为了不至于捡了芝麻而丢了西瓜,我只得乖乖坐在台灯下缴械投降了。不战而胜为上,我不禁暗地里感慨老妈的高明。

星期六,我因为一碗粉干跟妈妈闹了别扭:我想吃红烧排骨煮粉干,因为妈妈下午要带我出去学习,时间很赶,排骨来不及做了,便帮我叫了外卖。以前送来的都是汤与粉干分开包装的,这次直接把汤倒好就送过来了。妈妈却把附赠的醋当成额外的汤,撕开包装就往汤里倒。我感到一股酸味扑鼻而来,跳起来阻止她——但是覆"醋"难收,一整包醋迫不及待就落入汤汁的怀抱了。我顿时气得脸色发紫,对妈妈大声嚷嚷。妈妈只好将她的豆浆让给我喝,又炒了份年糕给我,自己却只啃了几口蛋饼,还说晚上要叫一顿肯德基补偿我。老妈一拖二带我去赶公交车。晚上我们在肯德基吃,她也只是吃了盒土豆泥再喝了一瓶牛奶,然后她又送我去少年宫学习,将弟弟丢给下班的爸爸就匆匆赶去给学生上课了。中午和晚上都没吃到正餐的妈妈仅在晚上九点以后才吃了碗稀饭。看见老妈如此不辞劳苦,我的心底顿时翻江倒海,表面上却不动声色地坐着写作文。我想我该交出一篇出色的作文来当作这次争吵的赔礼,写一写妈妈的"伟大事迹",让她"高大"的母亲形象屹立在作文纸上,岂不妙哉? 想着想着,我竟笑出了声。妈妈的视线从地上的灰尘转移到我的身上,问道:"怎么了,傻笑什么?"我连忙正襟危坐,变成一个"坐家"。

我这个被逼写作的"大作家"到底该如何才能生动地描写出老妈这么伟大的形象呢? 这时,弟弟拿着一把水枪闯了进来说:"哥哥玩枪!"有了,我就来写写这个大闹天宫的"孙行者"吧。

老弟是在我二年级时来妈妈肚子里报到的,在那之前我在家里经常感到孤单,很想让妈妈生一个小妹妹,没想到等待九个月后又蹦出一个"齐天大圣"。原本妈妈因我长大而渐渐平稳的生活又被这个小家伙击打出了一层层浪花,那段时间妈妈大约有五个月是抱着弟弟哄他入睡,再坐着"享受"短暂的睡眠的。很难想象一个人整整五个

我最敬佩的人

月每天只有两三个小时的睡眠,而且还几乎是坐着睡的。有时弟弟不肯躺在床上,妈妈只好一夜抱着他在地上走来走去。我不禁想起了我小时候看的一本绘本——《超人妈妈》。

妈妈时常感慨说她的青春奉献在了这个小家庭里,都没时间写作了。她的理想因此布满了灰尘。她最骄傲的是创作了我和弟弟这两件伟大的作品。"女本柔弱,为母则刚",我对妈妈的敬佩之情油然而生。

他太高兴了

  我的朋友鲍一诺,大家都说他聪明伶俐,能说会道,是个人见人爱、花见花开的开心果角色,就是学习上与专心致志不搭边,导致他的成绩总是不上不下,处在班里的中游水平。

  一次数学考试结束之后,他就对我神神道道的,企图靠这次考试来个咸鱼翻身。这不,要发试卷的那一天来了。在前一个课间,他就忐忑不安,脸色像挂了铅一样凝重,仿佛一场巨大的灾难就要降临。我走过去,拍拍他的肩膀对他说:"老兄,别担心,你也说了这次好像考得还不错,你对自己要有信心!"他心事重重地点点头。

上课了,大家蜜蜂回巢一般"嗡嗡"叫着跑回自己的座位。数学老师抱着一摞卷子头顶着一团乌云进来,她板着脸说:"这份试卷很简单,结果又有这么多人考90分以下!"教室里的"嗡嗡"声不见了,取而代之的是一片静寂,我们都像游泳似的憋着那股气,等待自己成绩的揭晓。

我把目光投向鲍一诺,只见他眼睛紧闭着,额头亮晶晶的,似乎黏着一层汗,嘴里还念念有词。这时他的同桌发出了一声惊呼。全班的目光都齐刷刷地朝他们的座位上看去。鲍一诺被这惊呼震醒,赶紧睁开眼睛,脸上浮现出一种被吓到了的表情。只见他擦了擦额头的汗,又揉了揉眼睛。我一个箭步跑过去,脸上也复制了他那副表情。他的试卷上竟然躺着一串龙飞凤舞的数字——居然是100+10!这分数对他来讲还真是比稀世珍宝还宝贵啊。

我还来不及跟他道喜,他就从座位上一蹦三尺高,手舞足蹈起来,好像周围问分数的杂音都是他这一曲胜利凯歌的伴奏呢,那样子真像是臭狗熊见到了甜蜂蜜啊。我猜如果现在是下课的话,保准他会跑出教室对着蓝天白云大喊一番。这节课他听得特别陶醉,一整节课脸上都挂着蒙娜丽莎般的微笑,直到放学铃声响起他还舍不得收起他的笑容。

"瞧你那得意的样子,小心驶得万年船,可别骄傲哦,我也一样吃过骄傲的亏!"我心里不禁为他的下一次考试捏了一把汗。不过看他高兴得都快要抽筋了,我还是把那样的话吞进肚子里了。

"恭喜恭喜,继续努力!"我向他道喜。他嘻嘻笑着。这尾落后的鱼要是努力一下还是能游到上游的嘛,我也笑了。

新冠病毒来了

2020年农历新年的钟声敲响之前，我还憧憬着姑姑一家从邯郸回来过年，我就可以和一年未见的表哥表姐好好玩了。我多么怀念去年我去邯郸过年的情景呀！一起吃年夜饭，一起打雪仗，一起做作业。没想到今年我们的相聚计划却被一个名叫"新冠病毒"的东西打乱了。

我第一次听说这个病毒是在农历二十八，妈妈神情严肃地跟我说："现在我们不能到处乱跑了，发生疫情了。"我睁大眼睛问："什么是疫情？""一种叫作新型冠状病毒的东西，会侵袭人的肺，很可怕。我们昨天还跟姑姑一家聚餐了,想想真有点后怕,现在不能出去了,知道吗?"我生平第一次听到这种传染病,如坠云里雾里,想着不能跟表哥表姐玩了,心里非常沮丧。这和他们待在邯郸有何区别呢?唉,先观望再看看吧。今年这个年过得真的是太特殊了。

大年三十那天,夜幕还未降临,已经有人早早地放起了烟花。弟弟听到声音要妈妈抱到窗边去看烟花,这个小家伙的好奇心现在正是节节攀升的时候。烟花很美,响彻云霄,直到下半夜,还有人出来放烟花。我想,人们热闹惯了。虽然武汉封城了,大家还没意识到新冠病毒的可怕吧,还是想图个热闹。自武汉封城以来,我都有关注冠状病毒的感染确诊人数,果真是越来越多。"还好家里有一盒口罩,我以前为了防炒菜的油烟买的,现在口罩都买不到了。"妈妈说。她每天向奶奶灌输这次疫情的严重性,强调她如何做好自我防护。"怎么办,菜和肉快没有了,我还是得出去一趟。"奶奶搓着手说。爱串门爱闲聊的奶奶这次可被憋坏了,可是菜还是得去买点。妈妈说:"一定要戴口罩出门,回来马上洗手,衣服都要马上洗掉。这病毒据说可以接触传播,潜伏期长,无症状时都可以传染人。"是啊,我们不能掉以轻心,可奶奶这个人麻痹大意习惯了,她出去我还真不放心。我忐忑不安地想道。

果真,初二那天,奶奶出去买菜了。口罩是带了,回来衣服也脱了放进洗衣槽洗了。但我发现她买菜回来后站在楼梯口跟六楼的阿婆聊天,聊的内容是今天买了什么菜。次日两人又待一起讨论今天天气好,楼下的阿婆说自己在家闷得慌,儿子开车带她去东塔公园逛了一圈。奶奶不无羡慕地跟妈妈说:"你看人家都去东塔公园玩呢,她还说今天天气好,公园人很多。"妈妈一拍大腿说:"她都去公园了,你还敢跟她说话呀。我们在家待这么多天都白待了。"奶奶听了这话才愣住了,喃喃地说:"是呀,我怎么这么笨,还跟她说话。"我望着外面空空如也的大路,想象着以往人流如织的春节场面,陷入了深思。

新冠病毒不仅严重影响了人们的生活,将全国十几亿人关在以家为单位的"动物园"中。全国的医务工作者都投入了紧张的"战斗"之中,甚至有医生为救治病人献出了宝贵的生命。

我们的学业也被影响了,教育部颁发了文件,开学延迟了,还要求各地根据疫情情况开展网络授课。这个消息对我来讲是个坏消息,因为家里有一只大闹天宫的"孙行者"。你瞧,他又带着哭腔向我跑来了:"要哥哥抱!"也是,现在我们只能靠亲情的力量"抱团取暖"了。

让我伤心的是,一些人因为新冠病毒的肆虐永远过不了以后的新年了。生命无常,少年则要坚强,让我们用不断的学习武装自己的精神城堡吧。

一棵树的惨案

今天是平凡的一天，我们像往常一样上学，唯一操心的是红领巾戴好了没，书本带齐了没。可是倪老师上的一堂作文课却打破了这种"平凡"，让我们过了一会侦探瘾。到底是什么大事从天而降呢？且听我慢慢道来。

早上第一节课就是语文课，班主任倪老师给我们上了一堂别开生面的作文课。这节课可不一般啊，它讲述了校园里早就发生的一起十分恶劣的事情。奇怪的是，周二就发生的事情我们居然到周五这节课才了解。究竟是什么大事这么"会藏"呢？老师在投影上点开一幅图片，同学们倒吸一口凉气——学校后花园旁的一颗榕树,全身上下的树皮竟然都被毫不留情地扒掉了! 全班同学似乎都隐隐约约地听到了那棵树的哭泣声,班里顿时炸开了锅。

那棵树在众多完好无损的树中像个小丑的鼻子那样突出。我的目光先是落在那一堆碎树皮上,那长长的树皮仿佛躺在地上变成了一条条翻不了身的咸鱼。更为夸张的是,作案者把树下的泥土都刨掉了一大半,简直丧心病狂啊! 奇怪的是,为什么这么多树,作案者只选了其中这棵? 而且树干到树根之间又被削掉一大块,看样子那个家伙还想继续往下破坏,不过为什么"嫌疑犯"没有"完工"就逃跑了?

班里的同学们个个激活大脑,发挥天马行空的联想能力,变成一位位"柯南""福尔摩斯"推测起来。有些猜测是胡言乱语,有些猜测是有理有据的。有人说低年级小朋友"初生牛犊不怕虎",在大课间去搞破坏。有的说高年级靠着午休时间长,溜去干坏事轻而易举。也有人说应该是团体作案,并且有作案工具。最奇怪的说法是,有动物兽性大发,在夜深人静时溜进学校捣乱。

我坐在位置上,抱着脑袋冥思苦想,突然灵光一现,会不会是植树人的仇人为了报复,故意陷害植树者?但是我的脑子又转了一个圈:应该不是,这棵树是在2016年六年级毕业生种下的,离现在有很久的时间了,就算有仇人,肯定也毕业或是把不愉快的事忘了。

经过一番激烈的讨论,大家发表了各自的意见,老师点点头,随后告诉我们,监控拍到了作案者,又把那段视频放了出来。在漆黑的夜里,借着路灯,隐约看到一只狗的影子,闪到一棵极不明显的树面前。这儿嗅嗅,那儿闻闻,突然跳起来对着树又抓又咬,一地树皮顿时触目惊心。

班里再次沸腾起来,大家讨论起为什么狗会对一棵无辜的榕树下手。有人说是一些同学偷偷买来辣条,吃完了就扔树下,结果引来了狗……我的故事版本是这样的:一只野狗在黑暗中寻食想要果腹,结果溜进学校,跌跌撞撞来到树下:"哇!好大一坨棉花糖啊!"于是它对着树使出降龙十八掌"死缠烂打",费了九牛二虎之力,终于扒开树皮,结果令它大失所望:"唉,怎么是硬邦邦的烂木头啊!"于是那只狗只好灰溜溜地夹着尾巴跑了。

事后老师让我们去看看案发现场,全班人马洪水似的涌了出去,用前所未有的速度赶到后花园。那棵树已经被打上了"绷带",一个同学把"绷带"往下拉了一点,露出雪白的树心。

我用我的目光心疼地抚摸着那棵树的树心,心里想,为什么不在树干上围几圈铁丝呢?这样狗就不会把树当成棉花糖了。或者在树上喷些醋,这样狗狗们就对这些"棉花糖"敬而远之了。

一棵树的惨案

古色古香的可楼

　　我的家乡乐清有幢古色古香的小楼叫作可楼,据说是
清末民初的一户大户人家的住宅,当时叫徐宅。我有幸成
为白鹭书院发起人东君老师的入门弟子后,就可以经常欣
赏可楼的美景。

　　我最喜欢下在可楼的雨,那雨仿佛从远古徐徐走来,
一路走到我的眼前与鼻尖。有时下雨天,东君老师会带领
一群"小白鹭"站在古朴的屋檐下听一会雨。

　　我至今仍记得东君老师写的那首《在可楼》的小诗:
"在可楼/雨下着,这座木楼仿佛一艘船/我们就坐在船舱

里，谈论那些/流水那样一去不返的人。"每当下雨时分，我总能感觉到这首诗就混合在淅淅沥沥的雨声里，与这无边无际的雨一起融入我们的心里。

看，那雨正从天空飘洒而下，落入眼前那口古老的陶缸里。

门前的陶缸里有绿油油的浮萍，雨打在浮萍上，珍珠一般四散溅起。缸里有墨绿色的青蛙，老师们说那是牛蛙，那牛蛙瞪着两只铜铃一样的大眼睛"呱呱"叫着，仿佛在跟着我们一起欣赏可楼的雨。"谁敢摸一摸这牛蛙呢？"有一次下雨天，东君老师让我们体验了一把与牛蛙的亲密接触。我们伸出手来，雨水马上把我们的手打湿了，一股微微的凉意沁入我们的手心。胆大的几个已经在摸牛蛙了，牛蛙"呱"的一声跳到另一张浮萍上。一股湿滑的感觉在手心弥漫开，然后扩散到我们心里，最终变成了纸上的文字。

天放晴的时候，我最喜欢看门前那棵树。阳光从树的缝隙洒下来，打在树叶上，每一片叶子都绿得发亮。微风拂过，叶子沙沙作响。有时风摘了几片叶子，将它们轻轻放到露天舞台上。在木制的舞台上，那些树叶随风摇摆，连树叶都变得古色古香。

还有那些不知名的小花和小草，在阳光的照射下，闪动着旺盛的生命力。一只毛茸茸的小狗在小草间用鼻子蹭来蹭去，像是嗅出了这古朴的味道。课间，我们就在这小花小草旁边玩耍嬉戏，连我们都沾染了这古朴的美。

不管潇潇雨声还是艳阳高照，在可楼，我写作文时都能文思泉涌。眼前那古典的桌子，配上墙上马叙老师的国画，让人仿佛置身世外桃源。仿佛我们一伸手，就碰到了老宅深处那不可言传的古典与高雅。

我还记得，我们站在小小的舞台上，朗诵过诗歌，还举办过非常有仪式感的活动——给二十年后的自己写信，"小白鹭"们排队将信放入时间的信箱，那些信件将被埋藏于地下。老师说这是我们埋藏在可楼的"时间胶囊"，二十年后我们再来开启，那时的可楼还会是如此典雅美丽吧。

我期待着风雨中我们一起迈过时间的门槛，再次触摸可楼，那古典美的神韵！

春雨，真好

　　经过一个冬天干旱的侵袭，人的心田缺了雨水的滋润，也似乎有了一股烽烟四起的烦闷。好在，冬天开始打盹，将春天通过雨一点一滴释放了出来。

　　"天街小雨润如酥，草色遥看近却无。"韩愈的这首诗写尽早春的温润与朦胧，拿来形容江南的春天再合适不过了。看，雨滴飘飘扬扬从苍穹落进眼帘，落进大地。我仿佛能够听到雨滴落入心田的声音。心里的花盛开了。

　　天已有些微微的暗，那些云镀上了一层黑边，仿佛黑巧克力圣代那般随时要化掉了。透过窗户，一个烟雨朦胧的江南在眼前延伸出去。我推开窗户,一股微凉的风夹杂着雨丝落在我的脸上,吹散了写作业的疲累。那些雨带着透明的醉意从云端飞流直下,简直让人看醉了去。"沙沙沙——沙沙沙——"一阵又一阵的雨声笼罩着天地,混合着风声,在耳边鸣奏出大自然的交响乐。远处荒地上的那抹小草长出来了。油菜花开得黄灿灿的,仿佛一只只蝴蝶在丛中飞舞。更远处,一个骑单车穿着雨衣的小孩在雨中使劲蹬着踏板,笑声在雨中回荡。

有多久没有接触大自然了? 我突然很想出去走一走。

我早早写完了作业,要感受一下久违的雨。我独自撑着一把花伞,在春天的某一个转角去邂逅一场雨的美妙。雨已经没有先前那么大,地已湿透。每踩一步,就发出清脆的声响。雨从我的伞尖滑落,那些水珠精灵似的在我眼前跳跃,落入脚边。我伸出手来,手心有股早春微弱的凉意,早春的雨,就是这么一个清高孤傲的孩子,他的舞步带着青春特有的气息在天地间旋转着,扎进律动的生命里。远处的小草在雨中伸出小小的脑袋,大口大口喝着这甜美的甘露。生命有了雨水的滋润才显得绿意盎然!

我见雨渐渐小了,干脆合上雨伞,去感受春雨的滋润。细细小小的雨滴落入我手心,钻进我的脖子,很快我的衣服和眼睛上就蒙上了一层细细的水雾。我想起自己四年级在可楼学作文时下在可楼的雨。我终于明白了老师为什么会在下雨时分让我们在可楼赏雨。雨是如此贴近人们日益干枯的心灵,滋润我们的思想。每一场春雨都有自己独特的韵味。

"春雨,真好。"我在心里默默地说。这时,我的电话手表响了,是妈妈呼唤我回家吃饭的声音。我恋恋不舍地将自己的思绪从雨中收回。我加快了脚步,回到家的"和风细雨"中。

春雨，真好

我们的校园

　　我的学校在乐清市,坐落于一块临山靠海的土地上,由于靠近东海,故名滨海校区。我们的校园中有数不清的美丽景物,让每一位学生爱上我们的校园,让每颗好学心沉迷其中。

　　从高大华丽的正门走进去,第一眼看见的是一本石书,这本巨大的书在一个花坛上敞开着,上面写着"自由、释放、厚德、致和"八个显眼的大字,似乎在告诫莘莘学子:保持思想的独立,释放青春的能量,厚养通德,致力谦和。

　　一直往左走,一条道路直通到竹林,那里曾被称为"捉迷藏圣地",现在据说里面藏着毒蛇,学校禁止我们入内了,但从远处一瞥,它风采依旧。竹叶在风中翩翩起舞,显得那么轻盈优美!

继续向前走,到了后花园。这里是我们的"秘密基地",因为还有一条隐蔽的小路能通向它。后花园里有一个凉亭、一块青草地和一个由灌木丛围着的小型迷宫。一年四季这里的草都是一如既往的绿。仿佛春天一直驻足在这里,仿佛大自然特别厚待这里的一草一木。坐在凉亭里,看着蝴蝶从眼前飞过,让人忍不住想要画一幅画或作一首诗来表达我们对这美丽校园的喜爱之情。

接着由后花园绕到图书馆,这是一个消磨时间的好地方。一眼望去,像运动室一样宽敞的房间里挤满了书,各式各样,应有尽有。无聊的时间里,走进冬暖夏凉的图书室,挑一本好书,找个位置坐下,再惬意不过了!

从图书馆的大门走出去,就能看见学校的重点景物——日晷。这个日晷在学校新建时就放在那儿了,已经有五年的历史了。灰色的巨大圆盘上有一根粗粗的针,依靠阳光的倒影画出指针。日晷已经过时了,但它的艺术气息还没过时。阳光明媚的天气,倒影的指针指出正确的北京时间,仿佛在告诉我们"一寸光阴一寸金",让奔跑着的年少青春无怨无悔。

日晷的左边是我们的操场,它由一条有六个转角的三百米跑道和一片绿色的草坪组成。草坪上有三个足球场。操场的一端是篮球场,另一侧则是沙坑与单杠。这就是我们每天蹦蹦跳跳、嬉戏打闹的场所,我最喜欢在绿茵如毯的操场上踢足球。

接着来到我们的游泳馆。游泳是实验小学的特色课,这里培养出来的游泳队员在国家大型赛事上发挥得都很出色。我们的游泳馆宽敞、明亮,处处彰显着"自由向上游"那几个大字的力量。

从游泳馆下来,就是学校北门。北门的对面是一座假山,假山下有一个清澈的水池,水中有鱼儿在游动,假山上常常会有鸟儿在欢唱。学校的北门和南门一样都是自动门,它的开开合合都是在对我们这些求学的孩子最真心的迎来送往。

　　这就是我们的校园，如诗，如画，如神奇的画笔为我们的学业添上斑斓的光。

念念不忘之零食三部曲

冰激凌

冰激凌是我的最爱。尤其是三伏天吃冰激凌,那沁人心脾的冰凉与香甜围绕舌尖,在味蕾上不断跳舞,像精灵似的一下钻入我的心田。它快速开启了降温模式,让我燥热的心瞬间归为宁静。

可妈妈总说在三伏天吃冰激凌伤胃,即使真是这样,我吃冰激凌的念头还是蠢蠢欲动。我觉得饭后一根冰激凌比饭后一根烟健康多了。想吃冰激凌的欲望可是十扇冰箱门也阻挡不住的。我最爱吃的是裹着香浓巧克力的脆皮冰激凌。一口咬开它那咖啡色的外衣,露出雪白的冰糕,那种凉凉的感觉默契十足地贴合着我的味蕾,令我不禁想起了在学校跑操跑得大汗淋漓的我们,那时若是有一根冰激凌来解救我们,我们一定愿意多跑三圈的。

巧克力

巧克力与冰激凌简直是绝配,所以它理所当然地成为我的第二爱。

那入口即化的感觉久久地萦绕心间,让人情不自禁想拿第二块塞入口中。但妈妈总会唠叨几句,巧克力里有咖啡因,小孩吃多了会变笨。那我考试之前为什么你总会塞给我几块巧克力呢?我觉得巧克力与妈妈简直是一个模子里刻出来的——矛盾综合体。我原以为世上从来没有既黑又白既甜又苦且都那么好吃的一种食物。我想没有一个人可以抵挡巧克力的诱惑。牛奶与可可脂摩擦出丝滑的甜味。当这种甜味与舌尖碰撞时,我脑海中浮现出这样的画面:一次统考,我拿出一个巧克力,那些紧张兮兮的同学蜂拥而至,将我围得水泄不通,一双双"魔爪"向我围剿而来,最后手中只剩小半块巧克力含情脉脉地望着我。我含泪将它往嘴里塞,考试的任督二脉瞬间打开,语文竟然考了全校第一。

老妈看了这些话肯定又要发飙了,她觉得我考得好应首先归功于她的超级无敌"狮吼功"。至于巧克力嘛,要少吃一点,不然我越胖她越瘦,"狮吼功"怕是要失效了。

薯　片

我的口水常常会被那声声"咔嚓"脆响勾引出来。一片色泽金黄的薯片在舌头上泼洒着鲜香的味道,令人爱不释"口"。

多嘴多舌的老妈肯定又会说用来炸薯片的油都是垃圾油,吃下一片薯片又要增加多少热量。还有薯片里的添加剂简直堆积如山,让人不生病也难,吃一片薯片起码要灌一斤难喝的凉茶。可只要我面前出现一包鲜香四溢的薯片,我就可以把老妈的话当作耳边风拒之门外。要知道,世上没有什么事是一包薯片不能解决的,如果有,那就再来一包。当我的味蕾被薯片所震撼时,咀嚼薯片所发出的清脆而美妙的声音在我耳边缭绕,即使薯片咽下肚也久久不能散去。

我常常边吃薯片边写作业,作业上洒满了薯片的残渣。每当老妈见此状时,会有片刻的目瞪口呆,接着,滔滔洪水从她嘴里泛滥而出。我权把这当成她对我独享这包薯片的羡慕嫉妒恨。

念念不忘之零食三部曲

读书感悟

生命汪洋里的导航

——读《夏洛的网》有感

　　世界就像一片汪洋大海，人生就是一艘船。在扬帆远航之时，难免会出现事故。所幸我们还有同伴，他们会出手相助，与我们同舟共济，成为我们生命汪洋中的导航。

　　《夏洛的网》中懵懂天真的小猪威尔伯就有许多次这样的经历。它是一只落脚猪，刚生下来就差点死于利斧之下。这是它生命航海里的首次"触礁"。不幸中的万幸是，善良的弗恩认为这样不公平，她向父亲请求由她来抚养威尔伯，威尔伯因此躲过一劫。同时弗恩也成了威尔伯的第一个朋友。

但快乐的时光翻滚得比波浪还快。一转眼,威尔伯长大了许多,弗恩的父母不同意这只猪一直待在家里。威尔伯只能被送到弗恩的舅舅霍默的谷仓里,弗恩每天都会来给威尔伯讲故事。那时威尔伯还不知道什么是"孤独"。一天,下起了大雨。弗恩没有准时去看望威尔伯。威尔伯已经厌烦了这种好吃懒做、无忧无虑的日子。终于有一天,它撞开一块松了的木板,逃离谷仓,奔向自由的怀抱。而当威尔伯置身室外,茫茫大千世界反而让它无所适从了。此时,朱克曼先生提着泔水来了,威尔伯半推半就地跟着他回到了栅栏里。孤独是它的第二次"触礁",就在这时,夏洛在无边的黑夜里闪亮登场了。

黑夜中的一次谈话,让威尔伯对夏洛产生了强烈的好奇心,并导致了它的茶饭不思与辗转难眠,由此可见威尔伯是多么渴望有一个能长久陪伴它并与它交心的朋友。当威尔伯终于熬过难熬的时间迎来了夏洛,它的幸福时光来临了。虽然威尔伯刚开始对夏洛的嗜血能力感到恐惧,但之后的事让威尔伯完全信赖并喜欢上了这个新朋友。

然而，一个丑恶的消息打破了谷仓的宁静，也打破了威尔伯的喜悦——圣诞节的前几天，威尔伯将成为餐桌上的火腿与熏肉。威尔伯无法从这担惊受怕的日子里突围，它的第三次"触礁"实在是波涛暗涌，给威尔伯的刺激太过激烈。就在这个紧要关头，看似微不足道的蜘蛛夏洛竟挺身而出，向威尔伯承诺："我救你。"这是几乎不可能但却神圣的承诺，让它在日后长远的日子里见证了友谊的力量。

蜘蛛夏洛花了一夜的时间在蛛网上织了"王牌猪"这几个字，这惊天动地的"惊喜"被朱克曼先生的雇工维勒发现，他告诉了朱克曼夫妇。随后，整个县都炸开了锅，但有潮涨必有潮落，待那些看客的热情如潮水般退去后，等待威尔伯的仍将是被宰的命运。夏洛不得不再次使出浑身解数，进行下一次营救。

夏洛又在夜里的谷仓门口织了几个大字："了不起。"这一消息再次震惊了全县，威尔伯成了"名猪"。朱克曼先生打算带威尔伯去集市。当天晚上，蛛网上又奇迹般地出现了"光彩照人"这几个大字,威尔伯努力做出各种动作使自己显得光彩照人。朱克曼先生的谷仓围满了热情沸腾的看客。到了九月,威尔伯被装在箱子里,夏洛不顾自己身怀六甲,跟着威尔伯一起,它们被卡车运到集市。晚上,夏洛悄无声息地织下了最后一张网——"谦卑"。

结果可想而知,整个集市为之轰动了。虽然当时大奖已经花落别家,但威尔伯却得到了比大奖还大的奖——特别奖。人们热烈地赞美着它,威尔伯喜极而晕。这时老鼠坦普尔顿发挥了作用,它咬了威尔伯一口。

我想我有必要介绍一下坦普尔顿,虽然它是个不受欢迎的配角,但它在为救威尔伯的计划里是个不可或缺的角色。坦普尔顿不小心打破了一个臭蛋,熏跑了不怀好意的艾弗里,阴差阳错救了夏洛,还为夏洛找来需要织的字。这次威尔伯晕了过去,算是它的第四次"触礁"。多亏了这只老鼠,它又把威尔伯从风浪中解救出来,最后它还挽救了夏洛的卵。虽然是利益驱使它的行动,但也足见这是一只一诺千金的老鼠。这些细节足见作者构思的巧妙。

作者还巧妙设置了一个细节。夏洛为了救威尔伯付出了自己的生命，这是一个悲壮而又温暖的举动。威尔伯想回报夏洛，它愿意牺牲自己日后三餐一半的泔水，让老鼠坦普尔顿帮它去取夏洛的卵袋，将蛛卵带回谷仓。这是威尔伯为死去的朋友所做的承诺。虽然夏洛的子子孙孙有很多离威尔伯而去，但总会留下三只蜘蛛陪伴着它。夏洛的爱在威尔伯的怀念与回忆里深深扎根了。此时的小猪在经历了太多的"触礁"后变得成熟稳重了。

　　当我看完最后一页，合上这本书，心里的波浪一阵又一阵地掀了起来。夏洛愿意付出生命来帮助威尔伯能安享天年。是什么力量促使夏洛做出了如此大的牺牲？"我为你结网，因为我喜欢你。再说，生命到底是什么啊？我们出生，我们活上一阵，我们死去。一只蜘蛛，一生只忙着捕捉和吃苍蝇都是毫无意义的，通过帮助你，也许可以提升一点我生命的价值。谁都知道人活着该做一点有意义的事情。"多么感人至深的话啊，它包含着友情、诚信、坚持、无私、不求回报的爱……正是这些难能可贵的精神，组

成了一张大网,挽救了威尔伯的生命,更像一石激起千层浪一般激起人们心中无尽的爱与温情!

而这种爱与温情就是我们飘摇在生命汪洋里无助时的导航,指引着我们人生的方向,让我们砥砺前行。

为爱浇上理解的养料

——读《小王子》有感

　　我时常在想，爱究竟是什么，它把这个世界上的缘分变得那么妙不可言。直到我看到《小王子》这本为大人和孩子写的童话，我才真正明白了：爱能茁壮成长，原来是有人为它浇上了理解的养料。

　　在一颗遥远的小星球上，那里的一切都井然有序地运作着。有一天，那颗星球上唯一一个小男孩告别了他的家和心爱的玫瑰，开启了奇妙的旅途……

　　这就是《小王子》故事的起源。小王子访问了七个星球,遇到了专制但善良的国王、虚荣的自恋者、自相矛盾的酒鬼、不停做计算的商人、工作无聊却守职的点灯人、看似很有智慧却什么也不知道的地理学家。他们的生活十分枯燥无味,小王子不想要这样的生活,于是来到了地球。

故事中的"我"曾经是一个不被大人理解的孤独的男孩,这份孤独一直伴随着"我"长大。"我"在六岁时画了一幅画,上面讲的是一条蟒蛇吞下了一头大象,可大人们都以为这只不过是顶帽子。于是"我"渐渐失去了画画的兴趣,去驾驶飞机了。小王子在地球上遇到的第一个人就是把飞机迫降在沙漠的"我",但是正如书里所说的:"所有的大人都曾是孩子,但只有少数人记得。"这时的"我"已经没有以前那么充满想象力。可以说是不理解"我"的大人掐断了"我"对这个世界要建立起来的热情。所以,"我"不是那么懂得爱。那么,天真无邪的小王子对"我"的人生产生了什么样的影响? 两个人在一起又会碰撞出什么样的火花呢?

小王子在遇到飞行员前,有两件事曾令他难忘。一是那只狐狸,狐狸告诉了小王子友谊的真谛——小王子驯化了狐狸，他们互相理解，友谊之花也就在理解的养料下绽放了。二是那个玫瑰园，通过驯化狐狸的事情，小王子明白了即使地球上有千万只狐狸，只有那只狐狸对他来说最特别。同样，即使玫瑰园有成千上万朵玫瑰，她们也只是千篇一律，永远比不上小王子那朵心爱的玫瑰，纵使她带着伤人的刺。他明白了因为"他用水浇灌过她，用罩子罩过她……"，他为她做过很多事情，因为爱这朵玫瑰花，他花了很多时间为她浇上了理解的养料。他也从狐狸那里理解了自己对玫瑰花炽热的爱。自从他离开那朵玫瑰花后，他还对她念念不忘，担心她不能保护自己，他要回去对她负责。可见，理解的力量让爱更加根深蒂固了。小王子还让飞行员给画上的羊画上口罩，这样他心爱的玫瑰花就不会被羊吃了。多么体贴入微的小王子呀！爱一个人难道不应该像小王子那样，处处为对方着想，理解并包容他的所爱吗？

　　由此可见，小王子爱玫瑰不是因为她是世界上最美丽的玫瑰，小王子爱狐狸也不是因为它是世界上最有智慧的

狐狸。因为互相理解，玫瑰和狐狸成了对他来说最特别的事物。如果羊把那朵玫瑰花吃了，就像所有的星星都暗淡失色了。在生活中，你也会找到一个愿意跟你建立亲密联系并能找对逗你开心的方法的人。

作者圣·埃克苏佩里想要表达的观点是，大人们应该保持一颗童心，不要只用眼睛去看东西，本质的东西是用心才能体会的。大人们如果忘记了自己曾经是个孩子，长大后变得死板，不再理解孩子，那他就是把自己弄丢了。

"沙漠之所以美，是因为在它某处藏有一口水井。"即使茫茫人海中没有一个理解你的人，也不用苦恼，那个愿意和你一起"守护你的星球"的人一定会出现的。有故事的星星会照亮你的前路，带你找到命中注定的那个人。

当我遥望星空的时候，想起这颗叫作"B612"的小行星上住着这么一位善良有爱的小王子，他承载着飞行员圣·埃克苏佩里的爱，在读者理解的养料里，他的玫瑰花一定会越开越娇艳，成为我们生命里最美的童话。

爱才是通向幸福的点金术

——读《百万英镑》有感

　　"金子,只要一点,就可以使黑变白,丑变美,错变对,懦夫变勇士,卑贱变高贵,跛足可以丢掉拐杖,瞎子可以重见光明。"这是莎士比亚戏剧中的一段经典独白,也是作者马克·吐温的《百万英镑》对20世纪初英国社会拜金主义思想的真实揭露。但金钱真的是万能的吗? 我认为不然,因为主人公亨利在金钱的裹挟里还秉承了自己一贯的真诚与善良,也就是拥有爱人的"超能力",这才让原本穷困潦倒的亨利在富人的赌局里成为人生赢家。

这个故事由一个有趣的问题引发：一个人手中只有一张一百万英镑的钞票，他能否在一个人生地不熟的城市生存一个月呢？两位富豪兄弟打赌，哥哥认为并不能，而弟弟认为可以。两位富豪把一张价值一百万英镑的钞票借给了亨利，只要亨利能用这一百万生存一个月，他就能得到富豪委任权之内的任意工作。亨利几分钟前还是一个连路边被人咬过的梨都想拿起来吃的穷光蛋，此时命运之神眷顾了他——他会利用好手中不能兑现的钞票吗？

答案是亨利不仅利用好了这意外之财，还让它翻了倍。亨利是怎么做到的呢？

亨利开始利用人们的拜金主义风气在市场里畅通无阻，那张百万英镑就是他的通行证。他吃上了一顿饱饭，拥有了一件伯爵才有资格穿的新衣服。他一夜之间出了名，原本看也不看他一眼的店主们纷纷拉着他进店，亨利甚至都不需要拿出一百万英镑的钞票，店主就立刻表示记在账上，等有零钱了再还。亨利几乎过上了免费购物的生活，他的地位迅速飞升到了除王室外最高的公爵之上。

不过即使这样,亨利也没有迷失在金钱带给他的迷魂阵里。他深知自己的一切荣华富贵都是建立在虚幻的基础上——那笔巨款并不属于他,他只是富豪赌局里的一枚棋子。他如何能够在这盘棋上成为赢家,那才是重中之重。所以他向店家赊商品时都会计算着一个月后的工作可以拿到的工资,每走一步都小心翼翼,生怕自己资不抵债。他在金钱的旋涡中没有迷失自己,最终还是将美好生活的信心建立在日后的工作上。他还对爱慕他的姑娘吐露心声,向她袒露自己只是一个一文不名的穷小子,有的只是一颗爱她的心。试想,亨利如果反其道而行,企图用虚假的财富包装自己,那她可以骗取姑娘的芳心吗?除非这个姑娘也是众多拜金主义人群中的庸俗一员。那么,建立在金钱基础上的爱情能够长久吗?答案是否定的。亨利很幸运,他选择了真诚与爱,在围绕他的那帮被金钱牵着鼻子走的人群中脱颖而出,最后他赢得了姑娘的芳心。姑娘不仅不嫌弃他的穷酸,还将自己的终身托付于他。从中可以看出亨利是一个非常有诚信的人,这也是富豪兄弟会选择亨利的原因。他们没有看走眼,他够聪明、够诚实,最重要的是,他有爱的能力,他将自己爱的能力转变成了"点金术"——他用自己的商业头脑不仅帮助了即将破产的朋友,也让自己的账上多了一百万英镑。最让读者吃惊的是,他竟然还成了用他打赌的富人的女婿!原来,那个不爱慕虚荣的姑娘正是那个赢了赌局的富人家的女儿。

作者用夸张的艺术手法还原了资本主义社会中处处存在的拜金主义,更是给了在拜金社会中还能坚持善良与真诚,并且拥有爱的能力的亨利一个美好的结局。金钱不是万能的,它能买来美食,买来漂亮的衣服,却买不来朋友、亲人的关心与爱!爱是无价的。这条人类法则在任何环境里都是适用的。

因为,在任何人生境遇中,人都需要像亨利那样保持初心,不管穷困还是富裕,都有耐心与信心冲破人生的层层障碍,用爱的点金术点石成金。

小小诗歌

大海与陆地

天地开辟之初,还没有人类这种又好又坏的动物,盘古倒下后,大地又被分成了海洋和陆地。

有一天,陆地对海洋说:

"你认为现在是不是有些无聊?"

"是啊,确实有些无趣。你载着花草树木,我带着所有鱼,但它们从来不知道我们多么无聊。"

他们每说一句话,就过去几百年,但对他们来说只是一刹那。

"瞧,我这出现了一群新生物!"陆地兴奋地说道,"是

一群恐龙！"

"嗯,要是再过很久,不知道会出现什么新型的动物。"大海说道。

几万年又转瞬即逝。

大地上的动物越来越多,海洋里的微生物也越来越多。"哈,我好痒啊!"陆地说。

"我觉得新时代就快来临了。"大海低声说,"我们睡一会吧。"

"可以,我们醒来后,不知会有什么惊喜呢!"陆地刚说完就打起了鼾。

说来也怪,他们俩刚睡着,人类就出现了。而他们并不知道大海和陆地之前的对话。

大海和陆地完全睡着了,也许会睡几十万年,但他们终有一天会再次醒来并进行他们长久的对话。

一颗水珠的故事

　　有一天,我睡在床上,感到全身都很冷,我被冻醒了。我觉得自己身上湿湿的。我想起床,但感觉身体又小又轻。我不知道自己变成了一颗水珠。

　　我跳了起来,感觉身体如雪花般轻盈。"叮"的一声,我跳到镜子前,看不见自己的身影。我感觉全身有些干燥了。我看到前方还有一颗水珠,就跳到它旁边,打了个滚,变大了一些,感觉神清气爽。我的脑袋里冒出一首诗:

　　一颗水珠从梦中醒来

透明的心盛满希望

还剩什么选项让我

跌跌撞撞滚向远方

　　我不想跳进河流,因为这样我会消失;我不想跳进墨水瓶,因为这样我会消失;我也不能不走,因为这样我会消失。那,我该何去何从?

作　文

一支铅笔在纸上流淌出灰色

一块橡皮在灰白间摩擦

台灯弯下腰

纸上生满了梯田

一颗稚嫩的心在里面垦荒

洗　手

水龙头流出眼泪

为那脏手忏悔

那些在水中

不断消逝的肥皂泡

把黑夜都越洗越白了

删　除

快乐把痛苦删除掉

知识将愚蠢删除掉

健康把疾病删除掉

金钱把贫困删除掉

自创将抄袭删除掉

绅士把粗暴删除掉

上辈子被下辈子删除掉

如果人类把自己删除掉

我希望人类把这件事删除掉……

小小古文

周游台湾

吾与祖母欲至宝岛台湾。至，早眠。翌日游"日月潭"。何故名曰"日月潭"？是因潭左如日，右似月。美矣！美矣！吾等又至"同仁堂"，此地盛产灵芝，药物众多。

午后，吾等众人又往彩虹村。此村五彩缤纷，好似童话世界。一旧村竟改至如此模样，甚是妙哉！

又一日，游"野柳景区"。区内花草甚多，岩石形状稀奇，树木成群，可谓"绿树村边合，青山郭外斜"。众人甚欢，故合影留念。

此时，已居四日矣。吾等至一零一大楼。此楼甚高，

直冲云霄！电梯疾速乃世界之最。众人皆惊叹，议论纷纷。

后又游"中山先生纪念馆"。吾逗留未几。见先生之画，画技甚好。

众多游历之中，吾最喜"六福乐园"，园中有"醉酒桶""海盗船""过山车"诸如此类，其中，"沙漠风暴"乃吾心头至爱。

台湾游历接近尾声，吾等又游"免税店""圆山大饭店""中正纪念堂"。

此行甚欢，吾愿重游。

幼学之年游淡溪

　　骄阳似火,吾与同窗至"石南龙小学"。此乃废弃之旧屋。杨师使众人品茗,吾等饮尽,觉茶香四溢。杨师又制一壶奶茶,此茶丝滑,茶奶相融,甜而不腻。

　　茶等饮之,杨师带吾等至稻田。虽为夏,稻亦金黄,似为日照至金。路愈窄,景愈美。水稻相交,一览无余。吾见数鸭嬉于岸边,未见足,乃返矣。

　　须臾,午餐时至矣。众返。朝之程令吾大汗淋漓,吾腹使"空城计"。吾等至一地,其貌似食堂,食杨梅汤圆,奇哉怪也,又食数小碗甚香之荞麦面。众至门前小径,见夏

晖赫赫炎炎。杨师问吾等，孰欲至始林？众人之对皆"欲去"。

众人随杨师登山，攀之渐难。吾等披荆斩棘，齐协克难。吾之同侣之足破，未几，有血涓流而出。众续至一溪边，其溪名曰"淡溪"，溪"潺潺"腾之，甚是悦耳。

众行于水中之石上，石滑，跌者多。诸人遂引裤而入水。余亦与之俱入水，遂一蹶，裤尽湿。

勿予笑也，吾之友坠之更甚，其上下皆湿，黄衣染黑矣，如一丐者。于师之助之，吾等遍伤而至终。于标胜之近端，众人合影，此乃吾等不善遗之，以此念之。

此行令吾博观，亦令吾志磨砺。吾望诸如此行多多益善。

家有"孙行者"

　　吾弟乃于申年生者,属猴也。年方三岁有余,正值淘气之年,似一泼猴,每于家中撒泼,如孙行者大闹天宫。

　　某日,吾等欲喂之食,其闻声即走,口中大呼:"毋食毋食!"待吾抱之,即恸哭,泪如雨下,吾等抚之。吾夹一花菜,哄曰:"弟乖,食毕兄带子嬉。"

　　"玩斗何如?""孙行者"遂取一吾之衣使吾为之披其身,大呼曰:"吾乃小猪佩奇,看吾跳泥坑。"随即上下乱窜。

　　吾大笑曰:"错,汝乃花果山齐天大圣。在下甘拜下风。汝若食此饭,老哥便谓乔治。"众哭笑不得。

平素，此泼猴喜与吾抢物，好学吾事，如一跟屁虫常尾随吾后。彼时吾方温书，其即入吾之室，投将椅背，大呼拽吾陪之嬉戏。而吾一事不能为也，学之时皆耗矣。其欲跟则必跟之，若不欲与子嬉，吾等无论如何哄之，皆无所用。

然其亦有年幼天真之事，其甚好奇，见一黄果，未想便取内口中，即刻便流泪吐之矣。原乃一片柠檬，吾见其状皆笑矣。

"孙行者"虽甚顽，然常惹众人捧腹，乃吾等开心果也。

童　趣

　　春草绿也,吾与小燕从南来,迎风而飞;野金之节,吾与鸠立在高枝上者,一声声催耕刈麦插禾;木叶飘矣,吾与雁列,至南方取温;大地一片素之冬,吾入雀之伍,群居,于冰雪里共摇枝条上之雪……吾何乐逸,以吾有一对翅。然而惜哉,此乃吾之梦。

　　若有翼,不惧千里万里之远,不惧山河之阻。即以此梦,吾做一至今仍觉甚趣之事。

　　彼时,但见长空有一鸟飞,当冲之呼:"请以翼借善乎?"见飞机从头顶飞驰而过,吾亦振臂高呼,头前伸,学乘飞机之状,而扬飞数次。吾见兄折纸飞机,便祈之折双翅赠之。然则,虽有翼,而吾展翅难飞。

某夜,吾于月下见蝙蝠飞,因问外祖母,蝙蝠之翼者以何之? 外祖母曰:"是鼠窃之盐后生者。"不经意之一言,乃予吾之大启:既鼠窃盐,食为飞之蝙蝠,然则,吾若食盐,亦能飞矣乎! 谓,吾将食盐。但,父母必不使吾食之。

翌日,吾一人居家。此时,常为父母劳皆未还。

孰知厨盐匣中之盐不多矣,吾弗视之,抓一把将其送口。嗟乎,此味甚苦矣,且吾忽大咳,入口之盐亦洒一地。余取扫帚,觉欲呕,尚食否? 不过一念即有翼,吾犹啮切,勉因唾咽,再填入口。吾身发颤不已,恨不得一口皆吐出,可一意长翅之梦,吾犹切执着,随手舀半瓢水饮。

吾归自室眠。望待醒开目之时,可长一对翅。彼时,当美哉! 上学飞去,入泮飞回;上树摘果不复患坠,上高房亦不支梯矣;及至空鸟戏,行视山川,无须乘车,亦不用舟,欲往即飞至焉……

当想入非非也,母归。须臾之间,问孰人用其盐。盐匣中之盐本足作饭用之，孰知，面已熟矣，视盐无矣。予呼之声曰弗知。母弗信。

当是时，吾之胃痛，卧不安，即起身往厨下求饮。吾欲取杯，母大呼："何故汝之口角皆盐乎？"既而指吾。且扪口角，实多粘矣。

母急，呵斥问吾，余乃直曰："外祖母曰，蝠，鼠食盐为之乎，我欲生羽翼，则食盐矣。"母闻之，摸吾头笑曰："此乃故事，何信乎？言，以不视医？"

乃至于今，吾皆未能生双翅，童时之愿但藏于心底。每忆之，一笑置之矣。

抗 疫 记

二○二○庚子年新年伊始,有名为冠状病毒者,侵袭武汉,致武汉封城。人心惶惶,恐怖如斯,传播甚速,染数万者,夺数千人性命。悲兮惨兮。

吾所在之地名乐清,有雁荡名山,往年行人熙之,人声鼎沸,游者众。百姓走亲串户,甚盛。自防疫战鸣之际,众识疫日渐之重矣,吾市皆封道,后封城。人心惶惶,何来过年之欢喜?

彼时吾观新闻,感者之愈多,大敌当前,举国上下医者挺身而出,救死扶伤,与疫激战。吾思之:吾等百姓须善自护，安心待于家，切勿随意出入，与他人攀谈，以免染其疾，增医者负。此举益己利人，应呼人人效仿之。

武汉于数日建成"火神山"与"雷神山"医院，即投入，救其染疾者。非但如此，武汉人众志成城，力控疫情，举国上下皆为其增力。医者奋不顾身救治患者，全无休憩，可谓"医者仁心"。医者甚苦，乃易感人群。

吾等为此战中逝者悲，亦为来日人之命运展望。吾愿从今往后，染此疾者皆愈，医者皆健。亦谢举为力者，汝等苦矣，愿自此福康。吾等应"前事不忘后事之师"，爱苍生万物，戒口欲之欢，拒食野味。吾等学生应强学兴邦，保吾等华夏，愿国之昌盛，百姓安居乐业。

吾信吾等万众一心，吾之愿必成。谨以此文共勉之。